# De música ligera

AIXA DE LA CRUZ

# De música ligera

451.http://

ISBN 978-84-96822-80-1

PRIMERA EDICIÓN
2009



Xaudaró, 25
28034 Madrid - España

tel 913 344 890 - fax 913 344 894

info451@451editores.com
www.451editores.com

Esta obra se escribió gracias a la beca Primera Obra de Caixa Galicia.

DIRECCIÓN DE ARTE
Departamento de Imagen y Diseño GELV

DISEÑO DE COLECCIÓN
holamurray.com

MAQUETACIÓN
Departamento de Producción GELV

IMPRESIÓN
Talleres Gráficos GELV
(50012 Zaragoza)
Certificado ISO

DEPÓSITO LEGAL: Z. 3215-09
IMPRESO EN ESPAÑA

Para Agus y Polka;
gracias a Manuel Puig
y a los familiares y amigos
del difunto Norberto Pizarro

Tirada en el campo estaba desde hacía tiempo una Flauta que ya nadie tocaba, hasta que un día un Burro que paseaba por ahí resopló fuerte sobre ella haciéndola producir el sonido más dulce de su vida, es decir, de la vida del Burro y de la Flauta. Incapaces de comprender lo que había pasado, pues la racionalidad no era su fuerte y ambos creían en la racionalidad, se separaron presurosos, avergonzados de lo mejor que el uno y el otro habían hecho durante su triste existencia.

*El Burro y la Flauta*
Augusto MONTERROSO

*[Backwards message]*
*—Congratulations, You have just discovered the secret message.*
*Please send your answer to Old Pink.*
*—Care of the funny farm, Chalfont...*
*[... interrupted...]*
*—Roger, Caroline's on the phone...*

*What shall we use*
*To fill the empty spaces*
*Where we used to talk?*
*How shall I fill*
*The final places?*
*How can I complete the wall...?*

«Empty spaces», *The wall*
Pink Floyd

UNO

MIGUEL, EL PADRE DE DYLAN, NACIÓ EN 1948, EL AÑO EN QUE Ampex lanzó sus cintas magnéticas de grabación editable. Sus padres escuchaban a Beethoven en un fonógrafo Victrola, con discos de laca negra de 78 revoluciones en los que el ruido de fondo podía confundirse con los aplausos del auditorio. En el 65 entró en la universidad, cuando *Like a rolling stone* comenzaba a sonar en todas las emisoras y dividía al público de Bob, que acudía religiosamente, noche tras noche, a sus conciertos dicotómicos —mitad folk, mitad «ruido»— para abuchearlo cuando enchufaba la guitarra. Pero bautizó a su hijo con el nombre de Dylan en el verano del 69, cuando ya nadie hablaba de la gran traición, y pudo abstenerse en todas las disputas. En realidad, nunca llegó a formarse una opinión propia, con lo simple que hubiera sido decir que Dylan era grande con cualquier instrumento y estilo. En el fondo lo paralizaba un odio primigenio hacia las opiniones que consideraba flojas, neutrales, las que no se abrazaban a ninguno de los extremos. Tenía la impresión de que cuando uno se queda en el centro le caen golpes por los dos costados, y como tampoco era un personaje polémico, ni de principios firmes, esperó al año 69 para bautizar a su hijo con el nombre de Dylan.

Una vez escuchó decir a Bob Dylan que, de no haber sido Bob Dylan, le habría gustado ser Leonard Cohen. No cabe duda de que su hijo también habría preferido llamarse Leonard para ser cariñosamente apodado Leo, un nombre muy ajustado a los límites de la normalidad. Pero Miguel solo conoce una canción del músico de la voz cortada y no ha llegado a convencerle. Además, hace poco la utilizaron para publicitar bombonas de butano y desde entonces ya no ha vuelto a pensar en ella, como si aprovechando su nuevo don para el olvido ya no recordase quién es Leonard Cohen; ni el motivo, si es que hubo alguno, por el cual decidió llamar Dylan a su hijo Dylan.



—¡Me alegro de verle! ¿Puedo sentarme?

—Por favor.

—¿Cómo está? Siento mucho...; fue algo precipitado, en realidad debí habérselo comunicado en persona. La encargada de dirección no me quiso dar su número de teléfono.

—Tranquila. Sin problema.

—Lo sé, pero no me gusta irme sin avisar. Me alegro mucho de que nos hayamos encontrado. ¿Esperaba a alguien?

—No.

—Claro... En fin... Pues yo buscaba a mi novio. Suele venir a este sitio al salir del trabajo, pero no está.

—Buena música.

—¡Ah, claro! La música. Pues la verdad es que no me había fijado, pero sí. Es un lugar tranquilo, poco estridente. Supongo que se debe a la música. Es cierto.

—Antes..., librería.

—¿Ah, sí? No tenía ni idea. Y eso que llevo años viniendo aquí. Desde que llegué a Madrid, prácticamente.

—Conservan estantes.

—Mire, es verdad. No me había fijado. Las botellas lo disimulan.

Dylan nació de un intro estático con música de Bob Dylan. Por eso se llama Dylan, porque su padre también lo pensó así, sentado junto a él en el sofá, inmóvil, con esa cancioncilla festiva que parece provenir de la función del circo Holiday pero que en realidad está en la casa, se escapa del reproductor. Su nombre es *Rainy day women.* Traté de introducirla en una antigua novela donde resultó no encajar. Reincido. En esto Dylan y yo nos parecemos. Desarrollamos obsesiones grandilocuentes a raíz de nimiedades. Decidí escribir una novela en la que cupiese una canción y Dylan me fastidió la historia por culpa de una canción que no cabía. En esta paradoja se resume la historia. En esto y en las miles de interpretaciones que un lector aporta al absurdo con tal de no admitir que existe.

Lo complicado de crear un personaje que está sentado en el sofá es que no sabes cómo camina. Sabes que las piernas le llegan al suelo, que la tapicería parece persa y que la televisión está apagada, aunque la observa fijamente, como si la canción que está escuchando se representara en la pantalla. Aún no logro imaginar a Dylan de pie y lo voy moviendo de escenario en escenario, sin dejarlo estirar las piernas. Del sofá a la silla del piano, de allí a los taburetes del pub. Me recuerda a mis Barbies, tan rígidas que no podían sentarse a tomar el té.

En el instante en el que acaba esta historia, Dylan está sentado en el sofá, junto a su padre, y han pasado varios años desde que Miguel y yo lo imagináramos precisamente así, con la mirada perdida, escuchando a Bob Dylan. Al principio, ninguno de los dos reparaba demasiado en la música. A los inexpertos el silencio les resulta incómodo. Lo conciben como algo pasajero, un trance que ensancha el tiempo para ayudarnos a encontrar esa palabra precisa que ha de reinstaurar el orden predecible de las cosas. Pero Miguel y Dylan se acostumbraron rápidamente y eligieron como opción el mutismo. Ahora tan solo intercambian comentarios. Suelen repetirse. A cada disco le han asignado una sentencia propia. Así, siempre que suena *Hotel California,* por ejemplo, Miguel suspira y dice: «He aquí todo lo que vino a destruir el punk». Con los Pretenders, Dylan solo acierta a decir que Chrissie Hynde le resulta atractiva.



—Lamento. Haya dejado sus... clases.

—Bueno... Tampoco tenía mucho talento. Debí haberlo intentado con la guitarra, que dicen que es más sencilla. O con el bajo eléctrico. Mi novio tiene uno, pero me resulta de lo más aburrido. Nunca he entendido qué clase de afición se puede tener por un instrumento así.

—Nadie talento. En esta... academia.

—¿Eso debería consolarme?

—Más gente se ha ido.

—Vaya..., es que como *hobby* es demasiado absorbente, ¿no cree? La gente hace yoga o aeróbic, un par de horas a la semana. Eligen actividades que rompan su rutina sin inmiscuirse en ella.

—Lógico.

—No crea. El mes pasado me matriculé en un gimnasio. Aparte de que me aburría muchísimo, había un ambiente de *reality show* asqueroso. Todos se conocen y se exhiben..., se muestran sudorosos, como en una competición. Y luego, en los vestuarios...; Dios mío, menudas conversaciones.

—Da igual tomar... clases de piano. Que hacer pesas.

—No, no es eso, de verdad que yo respeto muchísimo su oficio. Dígame, ¿le ha sentado mal?

—Para nada.

—No suena convincente.

—Le digo no. No molesto. Solo preguntaba.

—Claro... Es que con usted es difícil saber, ya me entiende.

—Soy honesto. Evita... confusiones.

15

Por el motivo que sea, cuando una habitación queda repentinamente vacía conviene comprar un piano. Los hay de diferentes tamaños; pueden cubrir manchas de humedad, sujetar alfombras. Ocupan espacios vacíos y también los endulzan. Nadie diría que el conservatorio donde Dylan estudió, por ejemplo, había sido cuartel militar durante la guerra. Como artículo decorativo, son de buen gusto los negros de cola y los marrones de pared.

El piano de Dylan —que en realidad era de Miguel, quien lo adquirió en memoria de su esposa—, no era más que una urna sin cenizas en mitad del salón de la casa. Pasaron años desde que compraron el piano hasta que Dylan retiró el fieltro rojo que cubría las teclas. Para entonces, con jarrones, fotografías y correspondencia amontonada sobre la tapa, estaba bastante desafinado. El técnico les recordó que el instrumento no era una estantería. Tenía los dedos gordos como morcillas, pero se movían veloces sobre el teclado. Dylan, que aún no controlaba la pragmática, le hizo saber sus impresiones. Acababa de entender que no todo estaba perdido, porque si era posible ser pianista sin tener dedos de pianista, su propia contradicción podía no ser un impedimento.

—La verdad es que ha sido una estupidez por mi parte. No quería comparar sus clases con una cinta de correr.

—Ejercitador de abdominales. Tal vez.

—No, hombre, tampoco. Le digo de verdad que en mi vida me había creído capaz de aprender siquiera el orden de las notas en la escala. Aunque las haya dejado, sus clases han sido lo más emocionante que me ha pasado en los últimos dos años. Lo del gimnasio era..., bueno, ya sabe, para mantenerme en forma.



—Muchos pianistas... gordos.

—Seguro que los hay, claro. ¿Y violinistas?

—No. Violinistas apuestos.

—¿Y los tuba?

—Obesos.

—Lo suponía. Mi prima se casó con un clarinetista que al principio era muy gordo y de repente adelgazó treinta kilos. Con una dieta a base de líquidos, creo. La última vez que lo vi no pude reconocerlo. Impresionante.

—Qué quiere.

—¿Cómo?

—Usted... Beber. Qué.

—Ah, pues no debería, pero pídame un whisky. Bueno..., mejor una cerveza; de botellín, si tienen.

—Serán dos.

La mujer que está hablando con Dylan no estoy segura de quién es. Se llama Julia y me gustan sus pechos, algo puntiagudos, como siguiendo la estética de Madonna. Acabo de imaginarla con una melena de rizos abiertos, a la altura de las orejas, que se mueve continuamente porque gesticula mucho al hablar; en realidad, esto es algo que suele hacer todo el mundo cuando habla con Dylan. Es como ensayar frente al espejo. Pero ella está nerviosa. Se sienta en el borde de la silla y se balancea un par de veces. Al hacerlo, cae en la cuenta de que esta manía de alejarse del respaldo es muy de pianistas y comienza a forzar el gesto, como si este intento de complicidad pudiera ser interpretado por él. Está claro que aún no lo conoce demasiado.



Acabo de crear a Julia sentada, pero puedo imaginarla de cuerpo entero. Encaja a la perfección en un vagón de metro que la lleva directamente a casa. Le gustan los crucigramas y las novelas de misterio, pero generalmente no encuentra asiento en el vagón y tiene que abrir el libro con una mano, mientras se agarra a la barra con la otra. Con las uñas pintadas de rojo ha firmado una hipoteca de por vida y no deja de pensar en ello.

—En fin. Hace un tiempo verdaderamente asqueroso. El tráfico está imposible por la maldita huelga de transportes.

—No debería beber. Ha dicho.

—Ya. Es que no me sienta bien, pero estoy harta de controlarlo todo. Es tan absurdo preocuparse de más... Luego leo noticias en el periódico: a un tipo le cayó un andamio en la cabeza, o un macetero, y me doy cuenta del poco sentido que tiene todo.

—Pero también fuma. Y fuma. Especial.

—¿Ah, sí? Nunca me lo habían dicho.

—Me recuerda... a...

—¿A Lana Turner? Era una gran fumadora, ¿no cree?

—Claro. Mujeres bellas... fuman.

—Mi padre decía que las mujeres bellas deberían morir jóvenes, para no estropearse. Me acabo de acordar. Era un hombre un poco bruto.

—Vaya.

—No se preocupe. Es crónico. Ya sé que me estoy matando.

—Dudo que... sepa.



—¿Por qué?

—Si fuera consciente... no haría...

—Ya, ya. Parece usted uno de los carteles del Ministerio de Sanidad. Han invadido Madrid con sus consignas por la vida sana, los espacios sin humo. Pero dígame, ¿a quién le había recordado?

—Una mujer.

—¡No me diga! ¡Una mujer! ¿De verdad?

—Sí.

—Es usted de lo más ambiguo. ¿Qué era? ¿Una artista? ¿Una amante?

—Primera mujer fumadora... que conocí.

—Qué lindo. Yo recuerdo a mi madre. Ella todavía fumaba con esos filtros larguísimos, tan elegantes. Guardo de ella una imagen muy glamurosa, aunque si le quitabas los cigarrillos tenía menos clase que un mercadillo de barrio. Es curioso cómo tergiversamos los recuerdos.

Pienso en Julia, que nació sin pasado en un irlandés llamado Twelve O'Clock. Uno de esos pubs oscuros con listones de madera en la pared y anuncios de whisky Jameson de los años veinte. Me gusta no saber muy bien quién es. Ahora mismo le brillan los ojos por la cerveza y me recuerda a una de esas niñas que gritan obscenidades a Axl Rose a la salida de sus conciertos. Pero dudo que sea fan de los Guns N'Roses. En los noventa todas sus amigas lloraron la muerte de Kurt Cobain. Ella también tenía la habitación empapelada de pósteres y su primer novio le cantó *Come as you are* a la salida de un concierto. Esto no quiere decir que jugara a la Nintendo ni que hoy siga escuchando a Foo Fighters en un acto de nostalgia.

En su piso de alquiler no tiene equipo de música y vive con la televisión encendida, con la mayoría de sus cosas apiladas en cajas de cartón, a punto de marcharse. Es evidente: hay un toque nihilista en la actitud de Julia que invita a recordarla sin su traje de oficina, bebiendo cerveza en un *squatter* de Londres; pero claro, esta suposición podría ofenderla porque considera que ya ha tenido bastante de punk tardío, de *jet lag* generacional, ella que, al fin y al cabo, nació en los ochenta.



—Ese hombre.

—¿Qué pasa con él?

—Parece... Busca alguien...

—¿Cómo? ¡Ah, no! No es Aurelio. Ya no creo que venga, la verdad. Hace horas que salió de trabajar.

—Está nerviosa.

—¿Me lo pregunta?

—Está nerviosa. Porque él no viene.

—Para nada. No vivimos juntos, ¿sabe? Aún no; lo estamos planeando, pero... sigo libre. En cierto sentido, al menos.

—Entiendo.

—Me dan pena esas parejas que andan siempre desconfiando y reclamándose. Yo no quiero eso para nosotros. No pasa nada si no viene esta noche, ¿sabe? En realidad, no habíamos quedado.

Dylan no sabe que la noche del accidente su padre estaba borracho. No demasiado, lo suficiente para creerse capaz de conducir doscientos kilómetros de regreso. Habían pasado el día en casa de un antiguo compañero de universidad, y la sobremesa se había juntado con la cena. Esteban, el amigo de su padre, estaba casado con una mexicana de pechos exuberantes y ambos vivían una especie de luna de miel constante, entre botellas de tequila y apuestas acertadas en la Bolsa. Tenían dos hijos gemelos que le contaron a Dylan que habían sufrido un ataque de vómitos tras veinte horas de partida en la Atari. Cuando lo encerraron con ellos en la sala de juegos, se sentó en una esquina, muerto de miedo, sin atreverse a tocar los mandos. Escuchaba la conversación del padre de los gemelos en la cocina. Todos reían con la anécdota de los imitadores de los Destroyers, aquellos que sufrieron una descarga eléctrica en mitad de un concierto universitario, por culpa de la lluvia. Siguieron tocando con el pelo chamuscado. De pronto parecían los Pistols, señaló Esteban. Todas sus historias tenían que ver con lo mismo. Café con whisky en exámenes, intentos de formar bandas de rock, antiguos amigos, novias, presentes y ausentes. Cuando se hizo tarde y la pareja los invitó a pasar la noche, Miguel hacía horas que deseaba salir corriendo.

—Tal vez lo conozca. De vista.

—Seguro que sí. Pasa más tiempo en este maldito bar que en ningún otro sitio. Y justo para un día que vengo a buscarlo... En fin, qué le vamos a hacer.

—No se enoje.

—¡Si es que no estoy enojada! Ya se lo he dicho. No tengo por qué saber siempre dónde está, ni mucho menos. Claro que cuando vivamos juntos no voy a permitir que me ignore de esta manera. No sé si me entiende. Es él quien quiere que vivamos juntos. Y yo digo: está bien, pero asumiendo responsabilidades. Discúlpeme. No sé por qué le cuento todo esto.



—Descuide.

—No, en serio, perdone. Es verdad que estoy nerviosa.

Desde hace unos meses, a Julia le encantaría vivir en hoteles. La vida de paso es más ordenada, con la ropa necesaria, el dinero justo y el cepillo de dientes de viaje, que cabe en cualquier lado. Cuando uno viaja, planifica su vida de cara a un tiempo predefinido. Es más difícil verse en el caos si todo cuanto ocurre tiene una fecha de salida. Tal vez por eso ha convertido su casa en el escenario de un viaje inminente. Sus libros, vestidos de fiesta y artículos de decoración descansan en el interior de cajas de cartón precintadas. Las ha colocado en el *hall,* junto a la puerta de entrada, de manera que cada día al salir de casa recuerda que escapar sería tan sencillo como cargar el ascensor y pedir un taxi al aeropuerto. El día menos pensado tendrá que hacerlo, pero su destino será desempacar de nuevo y elegir para cada objeto un lugar preciso, una colocación exacta que se mantenga inalterada durante años.

Le dan miedo los cercos de polvo que aparecen bajo los libros cuando se retiran del estante. Los tomos de la enciclopedia llevan tantos años sin moverse que han inclinado las baldas, y si alguna vez desplazasen las mesillas de noche, se encontrarían decenas de insectos aplastados marcando su posición habitual. Son las secuelas de la inmovilidad lo que la espanta.

Llegó a Madrid con dieciocho años y durante un mes estuvo viviendo en casa de unos familiares. El tablón de anuncios de la universidad estaba repleto de ofertas de alquiler, pero ninguno la convencía. Tal vez tuviera que ver con los ataques de tristeza que puntualmente llegaban por la noche, cuando se retiraba a su habitación y por primera vez en la vida se encontraba sola. Todo aquello, la universidad, la gente, su recién adquirida independencia, no encajaba con el ideal adolescente que la había impulsado a dejar la casa de sus padres. Madrid era hostil, demasiado grande. Resultaba imposible adivinar quiénes eran las personas que se sentaban junto a ella en los vagones del metro. De vez en cuando, trataba de reconocer esa angustia en los inmigrantes a los que analizaba entre estaciones, pero la ciudad se caracterizaba por una ausencia total de interés, de emoción. La sentía desnaturalizada.

Si se decidió por el piso que compartiría con Aurelio y Sandra, fue únicamente porque ellos también eran extranjeros, visitantes que circulan con un plano de metro entre las manos y la certeza de haberse equivocado de lugar; se sentían de más en una ciudad con tantos millones de habitantes.

## Allen Jordan se defiende públicamente de las acusaciones por el caso Gould

*«¿La reacción de la gente? No me sorprende en absoluto. Si mañana trataran de demostrarme que Dios no existe, yo actuaría igual».*

*Así arrancó la entrevista con el doctor Jordan que fue retransmitida ayer, en horario de máxima audiencia, por una televisión canadiense. Desde que la Fundación Glenn Gould anunciara acciones legales contra el célebre psiquiatra, el debate ha adquirido repercusión internacional, y la opinión pública, aunque dividida, se inclina por el bando que demoniza la teoría del doctor.*

*Recordemos que la polémica surgió hace dos semanas, cuando la revista* Tomorrow *publicó un artículo en el que Jordan trataba de relacionar el virtuosismo de Glenn Gould con el trastorno cerebral, llamado Asperger, que muchos historiadores le atribuyen. «Hay que tener en cuenta que nuestros conocimientos sobre la enfermedad son muy recientes, el primer estudio ampliado sobre el Asperger data del año 81. Además, la sintomatología no es escandalosa; es comprensible que a Gould no le diagnosticaran en vida».*

*El síndrome de Asperger es un trastorno del desarrollo cerebral cuyas características impresionaron al doctor Jordan por su aparente incompatibilidad con la creación artística. En su estudio remarca la incapacidad de los enfermos para descifrar las emociones ajenas, lo que deriva en una ausencia casi total de lo que llamamos empatía.*

*«¿Como puede un músico, un intérprete, que juega tan de cerca con las emociones artísticas ajenas, padecer este síndrome? Cuanto más trataba de encontrar una respuesta, más contradicciones hallaba. El pensamiento estrictamen-*

*te concreto y lógico de estos enfermos, por ejemplo, es un rasgo que encontramos opuesto a nuestra concepción del artista».*

*Partiendo de esta paradoja, Allen Jordan se abrió paso entre varias hipótesis para llegar a la conclusión que buscaba. Indagando en la biografía de Gould, captaron su atención las preferencias musicales del artista. «Gould es internacionalmente famoso por sus interpretaciones de Johann Sebastian Bach. No es casual su afirmación de que, de Bach a Wagner, la música muestra un vacío inexcusable. Era conocido como una excentricidad su odio hacia la música romántica, hacia Beethoven, Chopin, compositores temperamentales cuya música está plagada de emociones contradictorias, complejas, que plasmaron en sus partituras. Tomando a Bach como contrapartida, un compositor claramente técnico, dotado de una mente matemática implacable, la interrelación se hace obvia. Un enfermo de Asperger difícilmente podrá disfrutar de composiciones que no se muestren lógicas e impliquen una identificación emocional con respecto al creador».*

*Si bien estas afirmaciones pueden resultar polémicas por sí solas, el fragmento más controvertido del artículo no se refiere precisamente a ellas. Al igual que en multitud de casos de autismo, los enfermos de Asperger tienden a mostrar una atención obsesiva en actividades concretas, en las que se revelan brillantes. «Me siento ofendido como admirador de Glenn, y también como pianista. El señor Allen Jordan insinúa que la genialidad de Gould se basaba en su estudio compulsivo del piano, como si cualquiera que invirtiese las suficientes horas frente al instrumento pudiera llegar a ser un gran intérprete. Su teoría es absurda y exagerada. Decir que Glenn Gould fue pianista gracias al Asperger es como afirmar que Beethoven fue un genio por ser sordo», ironiza Andrés Bejas, profesor del Conservatorio Superior de Oviedo.*

*A pocos días de que el proceso judicial comience, nos llegan opiniones dispares de todo el mundo. Por una parte, nos encontramos ante un caso de posible difamación, del uso de una hipótesis como argumento engañoso; pero el caso Gould también reabre heridas, un debate que tratamos de evitar y que será la tónica del nuevo siglo: el rechazo social a los avances científicos que puedan destruir nuestros más sagrados mitos. El veredicto, esta vez, puede recaer en todos nosotros.*

25

Era un Renault 5 oscuro que en las curvas se acercaba demasiado al quitamiedos. La carretera estaba desierta. El conductor subió el volumen de la radio y despertó al niño, que dormía en el asiento trasero, con el tema que había ganado el festival de Eurovisión. Empezaron a cantar y así, por unos minutos, logró controlar el sueño. La mujer que roncaba en el asiento del copiloto recitó el estribillo sin abrir los ojos. En realidad solo repetían «Waterloo» a cada inicio de frase. La música siguió sonando con el frenazo, al salir el niño disparado contra la ventanilla, y el conductor se mordía los labios tratando de equilibrar el coche con el ritmo pegadizo de la canción instalado en su cabeza.

Ocurrió en menos de un minuto, porque al final, aunque la radio ya no funcionaba, él pudo calcular que en todas las cadenas conectadas a esa hora la canción seguía sonando. Para cerciorarse, mientras llegaban la ambulancia, los coches de policía y los vecinos del caserío de enfrente, trató de sintonizar de nuevo el dial. Solo encontró un programa nocturno de música electrónica, y el camillero, de muy malas formas, le ordenó que lo apagara.

# DOS



A DYLAN LE GUSTABA QUE EN EL CONSULTORIO NO HUBIERA sillas. Dibujaban en el suelo y a veces podía balancearse sobre una enorme pelota hinchable. Clara le preguntó si le gustaba la música y él se encogió de hombros. Pensó en contestar que a su padre le encantaba. Pero últimamente todo resultaba más sencillo cuando permanecía callado. En la primera sesión cubrieron las paredes con cartulina y destaparon cinco botes de pintura. Mientras sonaba un *adagio* muy triste de Albinoni, Dylan se dedicó a sentir la viscosidad de los pigmentos en sus manos. Al principio solo se atrevió a mojar las yemas. La canción le recordaba una película muy vieja. También se sentía desconcertado por poder mancharse impunemente. Era como si un placer privado acabara de trivializarse por el mero hecho de volverse legal. La pintura estaba fría. Mezcló el azul y el amarillo frotándose las manos y cuando finalmente se atrevió a rozar el fondo del recipiente, con el puño hundido, con la textura viscosa y fría ensuciando su antebrazo, pensó que su madre lo habría reprendido y que las primeras notas de la *Polonesa heroica* de Chopin eran tan rápidas que lo ponían nervioso, como si tuviera que acoplar sus propios movimientos al ritmo frenético de la pieza. Justo entonces comenzó a dibujar trazos en la pared, corriendo de un extremo a otro de la sala, queriendo ser más rápido que la música.

—Los nudillos...
—Claro. Otra de mis manías.
—El mejor pianista... Siempre odié ese ruido.
—Sí. No es usted el primero en quejarse.
—Pero... aquel tipo... se los crujía. Sin parar.

—Pues siempre he oído que provoca artritis.
—Seguramente.
—Todo un despropósito para un pianista.

No es una empresa agradable y, aun así, me veo obligada a ser Miguel; fuerzo un poco la vista, porque soy miope, y sin demasiado esfuerzo soy capaz de verlo vomitando restos de la cena en la cuneta, mientras la grúa se lleva su coche, la ambulancia carga bultos y él no es capaz de pensar en otra cosa que en la canción de ABBA que se interrumpió de golpe, en pleno estribillo. Este detalle, el de *Waterloo* —Napoleón vestido de licra—, hace que la escena resulte algo bizarra, o incongruente como esos hermosos títulos de crédito que adelantan una violación con música de Barbra Streisand. Pero probablemente a Miguel todo esto no le haga ninguna gracia porque a) su mujer adoraba a la Streisand, sobre todo en musicales, b) está muerta y c) lo ha dejado solo con un niño de cinco años que tiene un trozo del cerebro cercenado.

Por mucho que lo intente, por más que fuerzo la vista, me resulta imposible llegar a ser Miguel en este punto de la trama y me distancio, como el camillero, los enfermeros, el conductor de la ambulancia, que no quisieron mirar de frente al niño herido, tendido junto al cadáver en bolsa de plástico de la madre, por si les entraba la congoja y fallaban a la hora de colocarle una sonda. Algunos ATS están pidiendo al sindicato que instale pantallas de cine en las unidades móviles, para distraer las emociones propias con algo de ficción ajena.

—¿Y le va bien?



—A quién.

—Al pianista que se cruje los nudillos. ¿Es colega suyo?

—Ah. Claro. Ganó... beca importante. No queja.

—Pues ya verá qué gracia cuando se le hinchen las articulaciones.

—No creo que... ninguna gracia.

—Eso decía. Que no le hará gracia.

—Ah.

—Sí, sí, por favor, acérquese. Otra ronda de lo mismo. ¿Me puede indicar dónde está el baño?

Había algo que diferenciaba las mañanas de las tardes y que desdoblaba la personalidad de Dylan. Sin darse cuenta, a pocas semanas de salir del hospital, día y noche dejaron de ser una medida de tiempo y fueron sustituidas por otro factor más importante, el del silencio como diferenciador de espacios. Primero descubrió que sus compañeros de clase no tenían paciencia para descifrar sus telegramas. Esto ocurrió relativamente pronto, cuando *pelota jugar,* tras una larga pausa en busca de la palabra clave, no produjo el efecto esperado. Decidió dejar de hablar para hacerse un favor a sí mismo, porque era consciente de estos fracasos y había algo desagradable en el efecto que producían en sus interlocutores.

Por otra parte, la actitud de Miguel, encerrado en su laconismo, no resultaba de mucha ayuda. Yo diría que los bofetones que le asestaba el matón de la clase por considerarlo demasiado lento resultaban mucho más beneficiosos que los monosílabos del padre. Al menos, los bofetones lo ayudaban a desperezarse. Pero en la primera sesión con Clara, esta se desmarcó haciéndole ver a Dylan que entre ellos dos era un deber que se impusiera el lenguaje. El niño, por lo tanto, dedujo que, drásticamente, el mundo había pasado a dividirse entre espacios adecuados e inadecuados para las palabras. Esta dicotomía marcó durante muchos años el universo de Dylan, que, como todo músico, vivía además determinado por la división esencial entre sonidos y silencios.

—No se pondrá enferma...

—¿Enferma? ¿Cómo sabe que estoy enferma?

—No. Usted dijo.

—¡Ah! Si lo dice por la bebida, no se preocupe, es poco más que agua.

—A mí... se me sube... a la cabeza. Pronto.

—Todo en esta vida es cuestión de práctica. A beber también se aprende, ¿no cree?

—Claro. Me... encantaría aprender.

—Ande, calle. No sabe lo que dice.

—La he ofendido.

—¿Me lo pregunta? No..., no es eso. Es que se trata de un proceso desagradable. Hay que vomitar muchas veces. Y cosas peores.

—Vaya.
—Sí, vaya.

Todo parecía complejo y de repente allí estaba el piano, en mitad de la sala, una especie de guiño a la incoherencia. Miguel y Dylan, sentados en el sofá, contemplaban la nueva adquisición que ahora tapaba el televisor y lo primero que dijeron tuvo que ver precisamente con eso, con el televisor, con la ubicación del instrumento, que no era la correcta. Para Miguel los conocimientos musicales eran indispensables para poder acercarse al teclado, y como ninguno de los dos sabía lo que era una corchea, se contentaron con mover el mueble por la sala, buscando su posición más adecuada mientras las rueditas se trababan con la alfombra.

Aquello los mantuvo entretenidos durante varios días. Luego volvieron a comer alubias de bote en la cocina y a desplazarse al centro cada tarde, a subir las escaleras del consultorio médico y a avergonzarse por el placer que les suponía perderse de vista. Y aunque dadas las circunstancias hubiese sido más cabal comprar un perro, Miguel gastó la herencia de su mujer en un piano, porque por aquel entonces estaba sufriendo un ataque de inconsecuencia y todos sabemos que las grandes decisiones nacen del estado alterado de las cosas que es el absurdo.

—Mi madre decía que no hay cosa peor que una mujer borracha. Aunque claro, tampoco es de buen gusto rechazarle una copa a un caballero. Ay, qué rara suena la palabra, pero ¿puede creerse que es usted el primer hombre trajeado con el que alterno?

—Se burla.

—¡Oh, no! Al contrario. Pretendía ser un halago, aunque ya veo que no soy muy hábil.

—Parezco anticuado.

—Anticuado mi novio, que lleva camisetas de los Sex Pistols, ¿sabe?

—Bueno. Una moda.

—Fue una moda hace treinta años. Yo ni siquiera había nacido. ¡Qué absurdo!

—Nunca gustó. El punk.



—¿Nunca le gustó a usted?

—Exacto.

—Menos mal. Yo lo aborrezco.

—Pero es cierto que... como su novio... los que no lo vivieron. Añoran.

—Puede ser. El problema es que para Aurelio, durante años, fue también una especie de forma de vida. Acaba resultando adictivo.

Clara trataba de adivinar los gustos musicales del pequeño Dylan y comenzaron por Chopin. La *Polonesa heroica* se había convertido en una de sus preferidas y también lo emocionaron la *Fantasía impromptu* y, en menor medida, el *Concierto para violonchelo y piano en sol menor*. Pero una tarde descubrieron juntos a Rachmaninov y la terapeuta comprendió que la manera en la que Dylan se refería a estas piezas como *música rápida* era en realidad el único nexo de unión que existía entre sus preferencias musicales. Lo maravillaban los pasajes de virtuosismo pianístico. Trazos flojos y comedidos que dibujaba el niño en silencio nada tenía que ver con los arranques de expresividad, incluso de ira, que se plasmaban en las paredes cuando una sonata de Beethoven lo acompañaba en la sesión. Así era su carácter: como la calma engañosa de las composiciones románticas, lleno de modulaciones agresivas entre fragmentos, de armonías suaves constantemente amenazadas por la inminencia del cambio. Era un hombrecillo melancólico que a duras penas lograría entender el concepto de melancolía. Estaba limitado a los llamados sentimientos universales, propios de un niño de cinco años, y ahí se había quedado atascado.



Por eso Chopin era importante dentro de los planes de Clara. Tal vez algún día, en vez de sentirse nostálgico, podría describirse como el *Nocturno número 3*. Y sus crisis nerviosas serían una especie de *Tempestad*, sonata número 17 de Beethoven.

—Creo... Ocurre algo.

—¿Qué? ¿Qué ocurre?

—Se lo pregunto.

—Nada, nada. Bueno..., la verdad es que... hay algo raro en todo esto.

—Explíquese.

—¿Ve a esa chica sentada en la barra? La rubia.

—Sí. Muy guapa.

—Bueno... No es para tanto, ¿eh? Los hombres veis una melena rubia y os volvéis locos. Pues esa chica fue alumna de Aurelio.

—De su marido.

—Mi novio. Es profesor de inglés.

—Y...

—No sé qué hace aquí.

—...

—Mírela. No pega en este sitio. Tan bien vestida..., y sola. Yo diría que la han dejado plantada.

—Pobre chica.

—Qué coincidencia. En este bar...

Aurelio trae una caja de vino porque es miércoles.

Aurelio. Esta es la primera vez que menciono su nombre, pero Julia ya lo había hecho, no deja de mencionarlo en su conversación con Dylan, es casi un tic, ya se habrán percatado. Por eso no tengo mucho que decir respecto a él, porque no me pertenece. Es Julia quien lo ha creado. Es un pretexto para que ella exista, necesita su propio *background* y ha decidido apodarlo Aurelio, emperador romano; 'tan valioso como el oro', significa. Los personajes se desdoblan en el tiempo, como micropartículas alteradas por física cuántica. Como víctimas de la dictadura de la ficción. Yo soy la tirana y decreto que mientras Julia charla con Dylan en un irlandés llamado Twelve O'Clock, ocurre que meses antes Aurelio aparece en su buhardilla con una caja de vino. Porque es miércoles y Julia libra. Emplea su tarde de ocio en limpiar la casa. Alrededor de las nueve se depila las piernas y luego oculta los indicios de la mudanza bajo la mesa de estudio. Los jueves vuelve a colocar todas las cajas en la entrada.

Se sientan a la mesa, toman vino y conversan sobre lo más relevante de la semana. Ayer, Aurelio dio positivo en un control de alcoholemia. La multa va a ser cara. El panorama político sigue caldeándose a pocas semanas de las elecciones. Julia está guapísima con su camisa rosa. Las reformas del chalé están a punto de finalizar. Y entonces

Julia, que llevaba un par de horas encontrándolo atractivo tras las copas de vino y el licor de sobremesa, dice: Resultas repugnante con la boca llena. A este tipo de frases las he bautizado para ella con el nombre de *comodines,* como los del programa de televisión. Adquirido a lo largo de los años, el comodín del reproche constituye el epicentro de su estrategia. Aurelio, consciente del entramado, agacha la cabeza y Julia pronto se tranquiliza.

Una mujer asesinó a sus cinco hijos en Almería, comenta. El mundo está enfermo. Qué locura. Descorchan la segunda botella de vino y se tumban en el sofá. La televisión apagada plantea un problema de actitud. Ambos desearían conectarla pero resulta poco adecuado, teniendo en cuenta que la noche de los miércoles es la única que pasan juntos. Apuran el vaso y se besan con los ojos abiertos para no marearse por culpa del vino.



—También coincidencia que... usted y yo...

—¿Usted y yo?

—Nos hayamos encontrado.

—Ah, claro, claro. No me haga caso. Tengo demasiada imaginación.

—Yo la entiendo. Las coincidencias. Si es que existen...

—¿Si es que existen?

—Imposible saberlo.

—A veces pongo la radio, y estoy pensando en una canción y justo suena esa canción, ¿sabe? Ya sé que es muy común.

—Con las canciones... ocurre. Siempre.

—Claro, es que las emisoras se nos cuelan en el subconsciente. Se repiten tanto...

—No... quería decir que... la música. Potencia casualidades.

—¿Ah, sí?

—Eso creo.

—Bueno. Usted lo sabrá mejor que nadie. Espéreme un segundo, que voy a comprar tabaco. ¡No se mueva!

Por fuerza debo imaginar al Dylan niño como un personaje tranquilo y resignado. Dicen los psicólogos que hasta los diez años no aprendemos a superar la frustración y, sin embargo, Dylan se maneja bastante bien con la injusticia. He ideado una estructura que me obliga a contraponer constantemente la imagen del niño y del adulto, y empiezo a arrepentirme. Estos *flashforwards* me crean una sensación tan descorazonadora como un paseo por urbanizaciones de casas derruidas. En su versión infantil, mi personaje es tranquilo pero no lineal; a veces se porta mal, como todos los niños, supongo, y entonces Clara lo amenaza con castigarlo sin el día de los platillos.



*El día de los platillos.* Parece un acontecimiento histórico, un episodio del Holocausto o el nombre popular de una revolución pacífica. Sin embargo, para Dylan era la promesa vaga y misteriosa que lo motivaba para seguir adelante con sus ejercicios diarios. Una lista de dibujos. Aparecía una serpiente, por ejemplo. ¿Qué es esto, Dylan? Y tenía que decir «serpiente», muchas veces, separando las sílabas, cantándolas con diferentes melodías. Dos veces a la semana estudiaban la letra de una canción y se despedían tarareándola. Cuando finalmente llegó el día de los platillos Dylan conocía la versión castellana de *Yellow submarine, Soy rebelde* y *El patio de mi casa.* Entonaba a la perfección y en pocos días era capaz de introducir rítmicamente las sílabas que formaban las letras, pero, al separarlas de su música, volvían los retrocesos: olvidaba los nexos, hablaba despacio, toda la melodía de su voz había desaparecido. Repitieron el experimento tantas veces que Dylan ya no se molestaba en preguntar. En el silencio que acompañaba a cada uno de sus fracasos miraba fijamente a Clara. Imaginaba que el rostro de ella mostraba la felicidad de una mejoría discreta, aunque él, incapaz de interpretar nada, no podía distinguirla.

El día de los platillos, Dylan encontró la única mesa que había en el estudio repleta de instrumentos de percusión. Un triángulo, dos parejas de platillos, timbales y un xilófono de octava, con láminas de metal y mazo de plástico. Inspeccionó el conjunto y pronto se detuvo en este último instrumento, que, dentro de sus limitaciones, parecía el más completo. Clara le pidió que empezaran por los platillos, pero había localizado su objetivo y no era capaz de escuchar. Tomó el mazo y comenzó a golpear con fuerza cada una de las láminas, en orden cromático. Repitió la escala varias veces, en sentido ascendente y descendente, y ella, viéndolo tan concentrado, se retiró a observar.



Dylan examinaba los sonidos y, cuando hubo entendido la relación, elevó su brazo en el aire y lo mantuvo suspendido sobre el xilófono durante varios segundos. Parecía dudar. Ella también percibió la tensión de aquellos instantes. Porque Dylan, aunque tranquilo, también era poco perseverante y derrotista por aquel entonces y es probable que nada de lo que ocurrió a continuación hubiera sido posible de no haber acertado de pleno con los dos primeros sonidos. Pero dio en el clavo. Reduciendo los acordes del tema de la *Polonesa heroica* a una melodía simple, comenzó a hacerla sonar golpeando con fuerza las láminas del instrumento.

Cuando volvió a casa recibió un bofetón por intentar repetir la hazaña en el piano de su madre. Hay cosas que son sagradas. Ni siquiera llegó a rozar las teclas, y el hematoma le dolió durante varios días.

—Mire, perdone que insista, pero ¡no pienso moverme de aquí hasta que no se vaya la rubia!



—Vale.

—¿Vale?

—Sí. Vale. Me quedaré con usted.

—Es que la gente rica no entra en sitios como este, ¿sabe? No tienen por qué, no encajan.

—Ya. Por la música.

—Claro, la música, la cerveza de barril y las máquinas tragaperras: son cualquier cosa menos elegantes. Y con zapatos tan finos... No vea cómo se engancha el tacón en estos suelos tan pringosos.

—Está bien. No movernos.

—Gracias.

Julia llevó a Aurelio al funeral de su abuelo y allí él se dedicó a difundir sus planes de mudarse a vivir juntos. Llevaba días sintiéndose incómoda, no solo con la idea sino también con el sudor pegajoso de las manos de él, la manera en la que llamaba a un camarero chascando los dedos o cierta manía de golpear con el pulgar el filtro de los cigarrillos. Todo aquello, sin embargo, parecía irrisorio frente a la manifiesta estupidez del hombre que acababa de convertir un funeral en su fiesta de compromiso. No es que Julia se sintiera especialmente afectada con la muerte del abuelo; ni siquiera la madre era capaz de fingir el pesar reglamentario. Lo verdaderamente inquietante era descubrir que la noticia de su compromiso con Aurelio iba despertando sonrisas y felicitaciones entre las diferentes comitivas enlutadas que se agolpaban a la entrada de la iglesia. Llegó a pensar que la escena reunía todas las características de un sueño freudiano. La iglesia, la pareja, los invitados: la boda. Y, como uno de esos detalles inquietantes que parecen formar parte del sentido lógico de las pesadillas, el cadáver rodeado de flores, los vestidos negros de las señoras. Quería abofetearlo y escupirle y que su familia llorara por la muerte del abuelo como en un funeral corriente. En vez de eso, dejó que Aurelio la arrastrara, enganchada a su cintura, de familiar en familiar, repitiendo una y otra vez la misma historia: el pésame, las nuevas noticias, las felicitaciones. El pésame y las felicitaciones, las felicitaciones y el pésame. Había algo que no encajaba, era fúnebre, de mal fario, cualquier persona cabal lo hubiese entendido así. Cualquiera menos aquel profesor desaliñado al que le sudaban las manos, que se mostraba altivo con los camareros y tenía tics de fumador empedernido.



—Salúdela.

—Ah, no. Lo arruinaría todo. Se vería descubierta; además, voy a quedar como una tonta. Ella está muy bien vestida y yo..., mire, todavía con el uniforme de trabajo... ¡No se ría! Por favor...

—Vaya a saludarla.

—Me da vergüenza.

—Arriésguese.

—¿Arriesgarme? Pero... ¿arriesgarme a qué? ¿Qué podría pasar? No sé...

—Cuál... su teoría.

—A ver: yo creo que está esperando a un hombre con el que no quiere que la vean sus papás o...

—Usted misma.

Cuando lo conoció, en el piso de alquiler de la señora Ifi-

genia, Aurelio tocaba la guitarra los domingos por la tarde. Compraba cervezas y algunos compañeros de universidad se sentaban en corro junto a él. Julia solía escuchar estas reuniones desde la habitación, sorprendida por el carácter solemne con el que impregnaban aquellos cantos etílicos. Hacía pocos meses que Aurelio había vuelto de Londres con un VHS de la película de los Pistols y ahora se sabían de memoria cada secuencia; odiaban la movida madrileña e incluso se habían cosido a la chupa insignias anarquistas, ikurriñas y una viñeta cómica sobre el plan Z. E. N. Una tarde, su compañera de piso Sandra y ella entraron en la sala y bebieron cerveza y cantaron *Kualkier día* sin conocer muy bien la letra. Luego los Piperrak se separaron, y también se diluyeron las reuniones del domingo por la obsesiva exclusividad que reclaman las relaciones de pareja.

Hace unos meses —esto Julia no lo sabe— Aurelio condujo cinco horas hasta un barrio periférico de Bilbao y se sentó en un banco, alejado del escenario. Bebía un litro de cerveza en vaso de plástico y se sentía intimidado por los adolescentes que llenaban la plaza. Nueve años después, el público no había envejecido. Solo Josetxu y su turuta, Aurelio y su calvicie denotaban el paso del tiempo. Sobre todo Aurelio, porque el cantante se veía difuso, en la distancia y con las luces del escenario.

Últimamente, con estos cambios generacionales que se ríen de los héroes drogadictos y con la piratería y el olvido propiciado por la saturación del mercado discográfico, son muchos los grupos que han vuelto a unirse bajo el estandarte de la nostalgia. Pero el único nostálgico del lugar era Aurelio, que escuchó cinco canciones y regresó a Madrid preguntándose si habían sido siempre tan malos los Piperrak. Si las canciones también envejecen o es una cualidad exclusivamente humana.



—¡No me lo puedo creer! ¡Menuda zorra!

—Más cerveza.

—Es que necesitaba una excusa para acercarme a ella.

—Ah. Claro.

—¿Ha visto? ¡Mire! ¡Mire a la barra! ¡Se ha ido!

—Eso parece.

—¡Pero bueno! ¿Cómo es posible? Deje que le explique, ha sido todo absurdo. Me he acercado a ella y he fingido reconocerla de golpe. ¡Hombre, Claudia! ¿Qué haces aquí?, le digo. Juro que no se atrevía ni a mirarme a la cara. Me ha dicho que esperaba a una amiga pero que se estaba haciendo tarde. Y después ha pagado y... ¡Qué puta!

—Tendría prisa.

—¿Justo le entra prisa cuando yo me acerco?

—Quién sabe. Otra coincidencia.

—Ninguna coincidencia. No hay quien se fíe de estas niñas con dinero. Son turbias, por aburrimiento, pero siempre esconden algo.

—Turbias.

—Así es. Me gusta ese adjetivo.

Miguel pensaba que en los productos humanos la fecha de caducidad se encuentra en los ojos. Con un poco de atención, y siempre a grandes rasgos, se puede adivinar cuánto tiempo está destinado a vivir un hombre. Utilizaba retratos robot y había casos en los que el envejecimiento virtual resultaba inviable, por lo que deducía que no habría de darse. Era muy fácil, sin embargo, imaginar a Emilia como una abuelita de piel transparente y gestos pausados. No había barajado la posibilidad de perderla porque llevaba escrito en el rostro que viviría mucho tiempo, más que la mayoría, sobre todo más que él. Explicaba así la fase de incredulidad que padeció durante los primeros meses, aunque los informes médicos acerca de la evolución de su hijo fueron, ante todo, la distracción perfecta. Cuando los dos volvieron a casa y miró fijamente a Dylan trató de imaginarlo con setenta años. Era la primera vez que centraba el experimento en un niño. Lo vio nítidamente, postrado en un sofá, muy delgado y solo, con la piel cedida bajo los párpados. Sintió un escalofrío y poco después se dio cuenta de que esa visión no hablaba de Dylan.



## Matar al oso

*Rudrian Holfmann era un tipo que gustaba de llamar a cada cosa por su no-nombre. Tal vez la simbología arbitraria del lenguaje lo desesperaba. Yo lo imagino así: está contemplando una fregona mientras se pregunta por el sentido de la palabra; imagina a una mujer gorda, con tiras de felpa en lugar de pies, deslizándose por la sala, y comprende que esta relación icónica lo satisface. El resto de las palabras resultan defectuosas, necesita entender el lenguaje mediante relaciones naturales, y su libre asociación de conceptos y palabras lo hace parecer un completo lunático. No le fue bien en el instituto. De ahí sus malditas canciones: es más fácil componerlas que hilvanar frases.*

*En 1980 mi radio retransmitía compulsivamente una canción. «To kill a stupid, much easier to kill the bear, much easier to kill the bear». El tema era insólitamente pegadizo, no había vagón de metro donde no hubiese alguien tarareando el estribillo, y yo, lejos de interesarme por esa música de adolescentes con* look *incívico —apoyaban con arrogancia las botas en el asiento y olían a perfume chicle por la gomina de sus crestas—, únicamente me sentía intrigado por el artículo que precedía al oso de la canción, por su verdadero significado. Trataba de estudiar inglés, por aquellos tiempos. «No es lo mismo "to kill a bear", matar un oso, artículo indefinido, genérico, que matar al oso. ¿De qué oso está hablando?», me preguntaba, entre Atocha y Nuevos Ministerios, como otras veces memorizaba los malditos* phrasal verbs, *o leía propaganda política sobre alguna huelga en los astilleros. Mi sobrina, que nada entendía de inglés, contestó una tarde a mi pregunta: «Tronco, es una metáfora. Los yonquis tienen mono, pero con lo jodido que es, mejor sería llamarlo oso, o elefante». Me abstuve de corregir sus conceptos retóricos y pensé que el cantante tenía razón: muchas veces, inventamos palabras porque se quedan cortas a la hora de definir la importancia de su concepto asociado.*

*Recordé la anécdota esta mañana, de nuevo en el metro, de nuevo leyendo entre estaciones, cuando encontré la noti-*

*cia sobre la muerte de Holfmann en uno de esos periódicos gratuitos que nos obsequia el mundo de la publicidad. El autor de aquella canción ochentera que pretendía matar al oso había muerto en una habitación de hotel, víctima de su inventado animal psicotrópico. El reportero ironizaba sobre la vulgaridad del escenario de su muerte: que un cantante de rock muera de sobredosis es tan común que la Iglesia católica ha llegado a relacionar sus tristes finales con la intervención del demonio al que invocan mediante su música. Y qué decir de la habitación del hotel... Pero Holfmann, olvidado, muerto, vencido por la droga, había marcado la diferencia, que es una palabra: porque todo el punk de los noventa fue derrotado por la heroína, pero su batalla personal había sido matar al oso.*

*Tratamos de evitar la vulgaridad mediante diferentes métodos. A un cantante de rock que pretenda no ser anodino, le recomendaría no morir de sobredosis en la habitación de un hotel, pero este consejo no deja de ser tópico, en cualquier caso. Holfmann eligió una distinción más sutil, paradójica y elegante. Somos las palabras que empleamos, y los sistemas de lenguaje anulan nuestra individualidad; por eso él eligió ser el cantante conocido por* Kill the bear, *morir víctima de su oso, y dejar en el recuerdo una palabra que nadie encontraría en epitafios ajenos.*



A fin de año y acompañado de una bonita postal navideña, la doctora Clara Núñez hizo llegar un informe a casa de Miguel. En él se detallaba la memoria de las actividades llevadas a cabo durante el trimestre y la evolución de Dylan con respecto a ellas. El último fragmento, a modo de conclusión, decía así: «Incremento de la espontaneidad. Buena interpretación de emociones complejas manifestadas mediante signos no verbales. Se mantiene el habla telegráfica pero una mayor seguridad en sí mismo le permite darse el tiempo necesario para desenvolverse adecuadamente. Incremento de la disprosodia en frases complejas. Se recomienda involucrar al paciente en conversaciones adultas, para fomentar su autoestima. Es sensible a los síntomas de nerviosismo de sus interlocutores, aunque no sepa definir el comportamiento alterado que percibe. Muestra un gran talento para la música. Entonación correcta y mejoras en el habla cuando el discurso va acompañado de una melodía. Se recomienda una educación musical reglada que podría complementar la terapia».

# TRES

ES VERDAD QUE EN EL 98, POCOS MESES DESPUÉS DE CONOCERLA, los Piperrak se separaron. Ahora, Aurelio confunde las fechas y piensa que todo sucedió en el mismo instante en el que dejó que Julia entrara en su habitación: Eskorbuto, RIP, Piperrak. Pero en realidad hacía tiempo que el «punk que no murió» venía muriendo. Como un presagio de lo que ocurriría, en la fiesta que precedió a los exámenes de febrero conoció a un borracho con chaqueta de guardia civil. Estaba sentado sobre la máquina de tabaco, los pies le colgaban por encima de la barra y se dirigía a gritos al barman. Decía algo sobre la ley antiterrorista. Cuando Aurelio fue a sacar tabaco, el viejo se giró para pedirle un cigarrillo.

—¡Mira este crío! —le gritó al camarero, como si Aurelio no estuviera escuchando—. Seguro que no tiene idea de las hostias que les metimos a esos pies negros en el 83. Ahora son todo derechos. Derechos, ¿me oyes? Una mariconada de las grandes. Los terroristas pueden decir lo que quieran, les dan micrófonos y graban discos con esa música que está hecha para lavar el cerebro de los jóvenes. La música siempre ha sido buena para meterle ideas a la gente, porque eso ya lo hizo Hitler, y estos pies negros independentistas ahora ya no hay quien los controle porque en los ochenta la ley antiterrorista funcionaba como Dios manda y así cogimos a los sucios aquellos y les dimos su merecido, y ¿sabes qué hicieron luego? ¡Los muy hijos de puta! Se cagaban en el rey de bastos, por si acaso, porque les metimos tantas hostias que ya no podían cagarse en ningún otro rey que en el de bastos, ¿me entiendes? Siempre que decían «rey», decían luego «de bastos». ¡Ja! Porque estaban acojonados, ¿eh? Con más hostias que un cura..., los cerdos..., los muy cerdos... —Al salir del bar le explicaron que aquel borracho era famoso por llevar diez años contando la misma historia sobre la detención de los Eskorbuto, que en realidad ni siquiera era guardia civil y que veinte años atrás había estado en Londres, cuando el movimiento punk del 77. Aunque la anécdota le hizo reír como al resto de sus compañeros, sintió en aquel instante una profunda melancolía, como si el borracho le hubiese transferido su decadencia o hubiese comprendido, por primera vez, que no había nacido en la década correcta.



—Su marido... novio... le sigue dando clases.

—¿Cómo dice? ¡Ah, no! Fue hace un par de años, y durante pocos meses. Ahora trabaja en una academia de inglés. También hace trabajos de traducción para una empresa. La verdad es que no le va del todo mal, y eso que cada vez hay más competencia. Abren más centros de inglés que peluquerías.

—Admiro mucho... gente que habla. Idiomas.

—Bueno, tal vez el chino o el árabe, pero dudo que haya idioma más difícil de aprender que el del piano.

—Idioma. El piano no es... ningún idioma.

—Ya me entiende.

—Código. Idioma... no.

—Pues a mí me parece que es lo mismo.

Aquel lugar lo regentaban diez mujeres, cincuentonas y con las uñas demasiado largas para tocar el piano. Una de ellas estaba sorda, decían, y tenía mal carácter. En cierta ocasión había dejado caer la tapa del piano sobre las manos de un alumno que llevaba media hora cometiendo el mismo fallo y le había destrozado los nudillos. Peor fue su reacción cuando descubrió que, aprovechándose de su sordera, un violinista de la orquesta de cámara fingía tocar sin rozar las cuerdas con el arco. En aquella ocasión, rumoreaban los alumnos veteranos, al más puro estilo The Monks, destruyó el violín golpeándolo contra la caja del piano de cola.



Sin embargo, la existencia, siempre puesta en duda, de este *hombre del saco* femenino y musical no aterrorizó a Dylan como al resto de sus compañeros de nuevo ingreso. Al contrario, y sin saber nunca por qué, desde el primer instante se sintió atraído por la idea de formar parte del alumnado de aquella profesora maléfica. Para Dylan, la imagen de la pianista sorda era más que romántica. Su fascinación aumentaba porque esa sordera significaba que nunca podría escucharlo hablar. Por primera vez, se vislumbraba una solución al problema de Dylan; y es importante considerar este instante como un punto de inflexión en su vida.

En cualquier caso, no estoy segura de que esa mujer ocupara ninguna de las aulas del edificio; no sabemos si Dylan llegó a cruzarse con ella por los pasillos. Precisamente, en esa escuela todos eran un poco sordos, avanzaban confundidos por el crisol de melodías defectuosas que salían de las diferentes aulas y se sobreponían, creando una especie de cacofonía a la que uno nunca llegaba a acostumbrarse. Así se explicaba Dylan no haber descubierto a la mujer sorda, para quien imaginaba unos rasgos característicos, una nariz de tal tamaño, una boca tal que el conjunto no pudiera esconder que ella también era mercancía tarada. Solo inmersa en el ruido se camuflaba su defecto, al igual que Dylan resultaba de lo más normal cuando mantenía los labios sellados.



—Usted habla... lenguas. Pregunto.

—No, qué va. Podría haber aprendido, ¿sabe? Pero nunca me interesó. Ahora me arrepiento, sobre todo porque ser monolingüe te encierra en Madrid.

—Usted puede viajar. Con novio.

—Claro...; me refería a viajar sola. ¿Sabe que nunca he salido del país sin Aurelio?

—Quiere irse...

—¿Y quién no?

—Qué... qué hace.

—Tenía espuma en el labio. Ya se la he quitado.

—Ah.

A Julia le daba lo mismo el punk. Llegó a odiarlo, pero al principio no le prestaba atención. En la habitación contigua utilizaban canciones de Eskorbuto para camuflar gemidos y muelles del colchón. Le importó por primera vez —no el punk, sino la habitación de Aurelio— un domingo de resaca insoportable, cuando escapó corriendo de su cama y vomitó un par de litros de cerveza en el retrete. Intuyo que el malentendido lo provocaron los vómitos de Julia. Es decir, que Aurelio seguía dormido cuando ella escapó de su cuarto y, después de haber metido la cabeza en el retrete, decidió no volver a su lado. Por higiene, pudor, quién sabe. Aurelio despertó solo, con el estómago revuelto, e incluyó a Julia en la cada vez más extensa lista de mujeres que no se despedían. Bajo pretexto de la liberación femenina se había extendido una moda terriblemente descortés.

En la okupa de Vallecas había una niña de dieciséis años. Vivía en la planta superior, donde se organizaban conciertos los fines de semana, en unos colchones que habían robado al camión de recogidas del Ayuntamiento. Un par de días a la semana dormía en el piso, con Aurelio. Ella también lograba engañarlo: nunca era capaz de despertarse a tiempo para verla avanzar desnuda hasta la ducha y escapar a hurtadillas sin que Julia y Sandra pudieran sentirla. En realidad, agradecía esa discreción, que si bien imprimía un sello trágico a su amor, por furtivo, también evitaba las murmuraciones de sus dos compañeras de piso. A veces se confesaba que el matiz trágico lo estimulaba más que nada. Se veía envuelto en una fantasía muy teatral con toda la parafernalia de la discreción y el ocultamiento. Y deseó que aquello se prolongara, como un drama de varios actos, una trilogía de Wagner. Sin embargo, para su desgracia, Julia pronto aguzó el oído y dejaron de ser secretas sus noches con la princesita vallecana.



—Tiene usted los ojos muy brillantes, Dylan.

—Me está emborrachando.

—Genial, me aprovecharé de su estado, entonces: quiero confesarle algo.

—...

—¡No me mire así, por Dios! No es nada terrible; al contrario. Tiene que ver con la secretaria de la academia, la que rellena los expedientes.

—Qué con ella.

—¿No lo sabe?

—No.

—Pues que está enamorada de usted.



—Tonterías. Buena broma.

—No, me río por la cara que ha puesto.

—Esa mujer. Loca.

—Pues guarda una foto suya en el cajón del escritorio. Sale usted muy apuesto, por cierto. Creo que se la tomaron durante un recital.

De todos los pasajes bochornosos que ha protagonizado Julia, hay pocos que hoy en día no sea capaz de confesar con un par de copas encima. Así, la imagino entreteniendo a sus amigos con anécdotas autobiográficas que no hablan bien de su relación con el alcohol, con las drogas o con su marido —perdón, no es su marido, dice ella—, pero nunca ha juntado el valor necesario para confesar detalles sobre la obsesión que le entró por Aurelio durante aquellos meses horribles, antes de que se iniciara su relación, la que todavía hoy mantienen. Esas noches angustiosas en las que no perdía detalle de todo lo que ocurría en la habitación contigua valiéndose de un vaso de cristal pegado a la oreja, la autoestima por los suelos, una escena que ella misma define como grotesca e inverosímil.

Hay un motivo muy sencillo por el cual resulta menos bochornoso mearse en los asientos del metro que vivir pendiente de los chirridos de un colchón, los pasos que se acercan a la puerta, el número de voces que comparten un silencio sin saber que están siendo acechadas. Porque el grado de autoflagelación es inmensamente superior en la segunda escena. Hoy en día es consciente de que todos sus reproches son tan absurdos como la acusación, nunca dicha en voz alta por Aurelio, que la considera culpable de la muerte del punk.

La obsesión de Julia por Aurelio no nació aquella noche que compartieron apestando a alcohol, con la cama balanceándose peligrosamente, al borde del vómito. Tampoco se consolidó en los meses previos, ni en los años posteriores. El deseo —esto es lo verdaderamente inconfesable— se forjó durante aquellas noches en las que era un placer sentirse humillada por los sonidos que llegaban desde la habitación contigua. Un acto masoquista que lograba excitarla física y explícitamente, sin figuraciones. Desde hace ya una década es este su mayor secreto y durante un instante ha sentido la necesidad de contárselo a un hombre extrañísimo con el que comparte mesa en un irlandés cercano a Atocha. Este impulso tiene lógica desde el punto de vista del narrador, que desea arrojar ciertos *tips*, como guiños; puntos de unión entre las dos historias contrapuestas. Sin embargo, Julia se siente desconcertada y comienza a mirar con otros ojos a su interlocutor, como si ya presintiera la conexión más elaborada que iré construyendo para ellos a lo largo de la novela.

No entiende exactamente el porqué de ese impulso, al igual que Dylan desconoce el motivo de la atracción que le inspiraba su profesora sorda. Hay cosas que nunca adivinaremos sobre nosotros mismos. Es bastante común. Julia concluye que tal vez esta repentina confianza que le ha inspirado Dylan tenga que ver con su inexpresividad, su ausencia total y aparente de emociones. Parece incapaz de juzgarla. «Aunque seguro que lo hace —piensa luego—, como todos, pero, al estar enfermo, no puede demostrarlo».

—Cómo puede usted saberlo.



—Es que... Es una historia divertida. Resulta que tras nuestra primera clase fui a secretaría, a abonar la mensualidad, y, bueno, pues para entablar conversación le pregunté a la señora por usted.

—Entiendo... No... no le... no parecí... competente.

—¡No! ¿Por qué dice eso?

—Hay gente... alumnos... creen que yo tengo... retraso.

—¡Oh, no! Pero si yo lo máximo que pensé fue que era usted extranjero. Eso le pregunté a la secretaria. Ay..., por favor..., no se ofenda. Ella abrió su escritorio para mostrarme su currículo y me asomé al cajón. Fue entonces cuando vi la fotografía.

—Claro. No se preocupe.

La verdadera profesora de Dylan, que no era sorda ni imponente y se pintaba las uñas en clase, pronto se vio desbordada por las atenciones que requería su nuevo alumno. Era bastante molesto porque aprendía rápido. Ella estaba acostumbrada a alumnas que invertían un curso entero en aprender a tocar *Para Elisa* de memoria para complacer a los invitados de las reuniones familiares.

Dylan nunca tocó *Para Elisa:* otro de los detalles que lo hacían insoportable era su despotismo a la hora de elegir los temas que se le antojaba estudiar. Desde el primer día, él se encargó de fijar la mecánica según la cual discurrirían el resto de sus clases cuando, sin mediar palabra, se sentó frente al piano e interpretó su adaptación pianística de *Yesterday.* Aunque su padre nunca fue un gran adepto a los Beatles, se sentía especialmente orgulloso de aquel elepé de *Help!* que había conseguido en el mismo año 65 de su edición británica, regalo de un compañero que vivía seis meses al año en Londres, limpiando platos y llenando sus maletas de vinilos inéditos en España.



Aunque Miguel nunca llegó a saberlo, esta primera interpretación oficial de Dylan, si no fue un claro homenaje al padre, lo fue al menos a su audioteca. Más tarde llegaron temas como *House of the rising sun, Bridge over troubled water* —la mejor de las tempranas interpretaciones de Dylan— o piezas clásicas sacadas de las audiciones que seguía realizando con Clara, pero la influencia de los vinilos de Miguel, que llenaban tanto las estanterías como los silencios entre su hijo y él, fue decisiva en los primeros años de aprendizaje.

Así adquirió los conocimientos técnicos básicos, mediante las correcciones, siempre limitadas, que la maestra realizaba sobre sus elecciones musicales. Aquella profesora, resignada al carácter anárquico del alumno, aprovechó la capacidad intuitiva de Dylan para enseñarle solfeo, ayudándole a transcribir sobre papel pautado todas aquellas adaptaciones que realizaba de oído.

Pero lo más importante que ocurrió durante aquellos meses fue que, finalmente y con reparos, Miguel le permitió estrenar el piano de su madre. Fue una emotiva interpretación de un tango cualquiera de Gardel, en honor a Emilia, que siempre tarareaba *Por una cabeza* mientras planchaba. El padre se sintió complacido con el rápido progreso de su hijo, aunque quiso reprenderlo por tocar sin partitura.

—Siempre tengo que meter la pata...

—Fue difícil.

—¿El qué?



—Dar clase.

—No es lo que usted quería, ¿verdad? Supongo que alguien de su talento aspira a..., no sé, a dirigir orquestas o algo así.

—No tuve alternativa.

—Claro... La vida, ¿no? Que a veces nos pone en situaciones complicadas.

—Pero... un favor. Que me contrataran.

—¿Cómo dice?

—Al principio. Daba miedo. Hablar...

—Ya le entiendo. Si para cualquiera es difícil dar clases, para usted el doble. Pero ¿sabe qué? Es usted un profesor estupendo. Se lo prometo. Muy... efectivo.

Podrán decirme que, si uno se lo propone, las coincidencias aparecen en todas partes y, por lo tanto, no tienen ninguna relevancia las casualidades anómalas que desde el comienzo han venido acompañando a la redacción de esta novela. Me dirán que no es extraño que proyecte esta ficción extramuros, que ahora en todos los bares suene Bob Dylan —me tranquiliza recordar que vivo en Oviedo y se trata del último premio Príncipe de Asturias—, que inauguren un irlandés con luz anaranjada en la calle Arriaga, que mientras escribo «Syd Barrett» suene Syd Barrett en algún rincón de este vecindario más bien avejentado.

Seguro que ustedes, menos fantasiosos, con capacidades lógicas, desmontarían estos fenómenos casuales sin demasiado esfuerzo, pero ¿qué me dicen de los lazos internos, no ideados sino descubiertos por la autora, que han surgido entre mis personajes? Me atrevo a afirmar que el fenómeno de la sincronicidad inunda estas páginas cuyo adelanto han sido las canciones repetidas de Bob Dylan, o el encontronazo con Loquillo, rodeado de fans y laca de tupé, en el concierto del mismísimo Bruce Springsteen.



Todo esto lo descubrí anoche, cuando Miguel reprendía a Dylan por tocar sin partitura, y caí en la cuenta de que también existen lazos no casuales entre los personajes. Conexiones que, de no prestar atención, me habrían pasado desapercibidas.

Lo que he descubierto es que en este punto Miguel y Dylan se muestran por primera vez idénticos, frustrados ambos con su existencia organizada en torno a un lenguaje que siempre les será desconocido e imposible. Quizá, si pudieran entender que también se complementan, que Miguel piensa en palabras que Dylan no articula y que Dylan lee música —por mucho que prefiera mirar el teclado para sorprenderse con la autonomía de sus dedos—; si entendieran esta relación tan poco casual, no solo confirmarían a Jung —las relaciones anómalas antes citadas—, anularían el conflicto de esta obra y se anularían a sí mismos.

Revista Premamás
Número 97, octubre de 2015

*Margaret Stevens, profesora de Lenguaje de Signos en la Universidad de Glasgow, es sordomuda de nacimiento. Hace tres años, cuando quedó embarazada de su hijo David, decidió tomarse muy en serio la importancia que los expertos otorgan a la comunicación intrauterina en los últimos meses del embarazo. «Muchas madres hablan con sus hijos cuando aún son un feto. Yo no podía hablarle. Por eso decidí ponerle música. Pasábamos tardes enteras revolviendo entre los discos de mi marido. Por primera vez, sentí que, de alguna manera, yo también era capaz de escuchar esos acordes».*



*David nació prematuramente. Pasó dos semanas en una incubadora y sus primeros meses fueron difíciles. Absortos en sus cuidados, ni ella ni su marido se percataron, en un principio, de los problemas que el niño sufría para reconocer a su madre. «Mi marido lo cogía en brazos, le hablaba, y la cara del pequeño cambiaba de golpe: lo reconocía. No era lo mismo conmigo. Los médicos me explicaron que David, al no poder identificarme por el sonido de mi voz, había desarrollado una especie de incapacidad para ubicarme entre sus rostros conocidos. Era un caso de afasia cognitiva, que no le causaría problemas graves siempre y cuando pudiera unir imagen con sonido».*

*Margaret sufrió una grave depresión. A medida que el pequeño iba creciendo, las evidencias se hacían más claras. «Cuando comenzó a hablar, le enseñamos a decir "mamá" y "papá". Pronto reconoció a mi marido a través de la palabra, pero en cuanto a mí, estaba totalmente desorientado. Identificó la palabra "mamá" como el nombre asignable a toda persona que no fuese "papá". Llamaba "mamá" a sus amigos, a personas desconocidas que encontraba por la calle... Era descorazonador».*

*El* milagro *ocurrió durante el tercer cumpleaños de David. Margaret y su marido organizaron una fiesta en honor al pequeño a la que asistieron compañeros de guardería, familiares y amigos de la pareja. «Mi marido había puesto música, los niños jugaban en la sala y nosotros charlábamos en la cocina. De pronto escuchamos un golpe y el llanto de David, que se acercaba corriendo por el pasillo. Se había tropezado y traía una pequeña astilla clavada en la mano. Todos nos quedamos atónitos cuando se acercó corriendo hacia mí, se escondió entre mis brazos y dijo: "Mamá, ha sido Will, me ha empujado"».*

*Los médicos barajaron la hipótesis de que la caída de David fuera la responsable del cambio, pero el niño no presentaba ningún traumatismo en la cabeza. Cuando Margaret descubrió que la recuperación de su hijo había sido transitoria, los médicos comenzaron a dirigir sus pesquisas hacia otros campos. «Recuerdo que una noche el doctor Williams me llamó por teléfono muy excitado. ¿Mantuvieron su esposa o usted la costumbre de hacer escuchar una determinada música a David cuando estaba en el útero?, preguntó a mi marido. Al parecer, se escucharon aplausos al otro lado del teléfono cuando contestó afirmativamente. Acababan de resolver el misterio».*

*El único referente sonoro mediante el cual David podía identificar a su madre era el de los sonidos musicales que conservaba de su época intrauterina. David no recordaba haber escuchado nunca la canción que activó su memoria, pero, al parecer, el subconsciente la había retenido. Reunieron los discos que habían escuchado juntos durante el embarazo, y una terapia musical que duró casi dos años ha permitido que hoy su hijo pueda identificarla.*

*Este caso es uno de los muchos experimentos con resultados favorables que se han extraído de las terapias musicales, herramienta clave, hoy en día, a la hora de tratar enfermedades como el autismo. También arroja cierta luz sobre la hipótesis de los recuerdos intrauterinos, que hasta hace poco eran considerados prejuicios esotéricos o excentricidades propias de los psicoterapeutas.*

*El doctor Williams, que ha recogido la historia de Margaret y David en el libro* Beethoven como terapia, *está decidido a hacernos entender que la música que escuchamos forma parte de nuestra cartilla de recuerdos, de identidad, al igual que las imágenes y las emociones. «Algún día, para preservar nuestra memoria, tendremos álbumes de canciones, como hoy guardamos fotografías y diarios».*

Durante años, Dylan no pareció interesarse por conocer el significado de aquella discografía inglesa que compartía con su padre. Esta actitud valida la teoría de la doctora Clara, quien sostiene que a los ocho años Dylan había cubierto por completo su necesidad comunicativa mediante elementos no verbales. «Ya no se trataba de avanzar o no avanzar en la terapia. Sin duda hubo una evolución, aunque no la esperada —recuerda, años después, la doctora—. Dylan avanzó en el tratamiento haciéndose una persona autónoma, aunque tomó un camino paralelo al de un lenguaje que, como poco, tardaría décadas en manejar. Lo que su padre y yo vimos entonces como un fracaso era lo mejor que podía hacer: digamos que sustituyó un lenguaje para el que estaba físicamente incapacitado por otro que absorbía intuitivamente, con la facilidad de un genio».

Es cierto que Dylan, poco a poco, fue dejando a un lado las palabras, pero las que se veían envueltas en un contexto musical acabaron captando su atención. Así, un día decidió preguntarle a su padre por qué toda la música que escuchaban en casa estaba en un idioma extraño. Miguel hubiera querido explicarle que cuarenta años de censura no solo habían rayado vinilos o cubierto pistas prohibidas con cinta adhesiva, sino que también habían condicionado y casi destruido la creatividad propia de un país. Claro que aquella no era la explicación más idónea para un niño de ocho años y prefirió mostrarle el único disco que tenía de Serrat, aquel EP llamado *Una guitarra,* previo a las sandeces del *La, la, la* y el festival de Eurovisión.



Sin embargo, Dylan no se contentó con la respuesta. Serrat hablaba demasiado para su gusto y, además, cuatro de las canciones estaban en catalán. Decidió seguir siendo fiel a Janis Joplin, interpretando sus desgarros de la única forma que sabía. Por aquel entonces no podía adivinar que con una traducción rigurosa se habría desvanecido gran parte del encanto que acompañaba a aquellas audiciones junto a su padre. No podía saber que lo imaginado suele ser más preciso que lo real, o al menos, más acertado.

—Pero... ¿cuál es exactamente el problema?

—Usted qué cree.

—Pues... no estoy segura. Es como si no sintiera lo que dice. ¡Como si nunca estuviera seguro de lo que va a decir a continuación!

—Como voz de ascensor.

—¡Sí que está borracho! ¡Sí que está borracho!

—Mentira.

—Mire, mírese en el espejo. Tiene las mejillas encendidas.

—Por calor.

—Pero ¡si estamos bajo el aire acondicionado! Además, ¿a qué venía eso del ascensor?

—Contestaba. Su pregunta.

—Oh, no. No lo hacía. De hecho creo que, borracho o no, trataba de evitarla.



Ya sabemos que Julia acabó odiando el punk, pero esta afirmación no es rigurosamente cierta si consideramos su debilidad por Patti Smith, tal y como la recuerda Aurelio: «Nos encontramos una mañana en la puerta del ascensor y ella venía tarareando *Gloria*. Yo solo quise ser amable, entablar conversación, porque, a decir verdad, la Patti Smith me era muy indiferente. Por mucho que la hayan apodado madrina del punk, considero que nunca ha hecho punk; ni siquiera formó parte de esa generación previa al 77 que de alguna manera allanó el camino, como Iggy Pop o los New York Dolls en sus comienzos. A mí Patti Smith me importaba tanto como Manolo Escobar pero aun así quise molestarla, amistosamente, para que pudiera defenderse. Ya saben, la conversación se alargaría, entraríamos juntos en casa y tal vez prosiguiese en mi habitación. Esa es la verdad; desde que llegó al piso siempre me pareció atractiva, no guapa, pero aún hoy resulta irresistible con esa combinación entre sus rizos rojos y su carita de niña, y esos pechos que resultan algo desproporcionados en relación al cuerpo. ¿Te gusta Patti Smith? Sí, claro, dijo ella. Evitaba mirarme a los ojos siguiendo la trayectoria del ascensor, que, lentamente, se aproximaba a nosotros. También me fijé en sus manos, que tamborileaban contra la barandilla y en realidad escondían nerviosismo, como si temiese el debate de cortesía, o tal vez lo que podría significar que se alargara demasiado. Como plagiadora no está mal, dije, a mí lo que me carga es su aire intelectualoide. Hay algo asquerosamente elitista en ello. Aunque nada es peor que fusilarle temas al pesado de Bruce Springsteen... Julia seguía sin contestar. Ahora que recuerdo, tal vez para aquel entonces ya habíamos dormido juntos, por lo que su actitud me resultó aún más chocante, una descortesía a la que no estaba acostumbrado, porque si bien es verdad que las chicas de la *squatter* habían adoptado, algo tardíamente, la moda del sexo libre y sin compromiso, ninguna me había retirado el saludo a la mañana siguiente. Se me ocurrió algo divertido sobre Van Morrison, Patti Smith y las inclinaciones sexuales de ambos, y seguramente era de mal gusto pero estaba a punto de decirlo cuando vi que Julia me daba la espalda y comenzaba a subir por las escaleras. Vivíamos en un sexto piso. Tomé el ascensor y la esperé en la puerta de casa. Cuando llegó, resoplando y con el pelo alborotado, me pareció que su mirada era de verdadero odio y se me ocurrió cantarle: «Jesus died for somebody's sins but not mine». Creo que no entendió una sola palabra, y ahora también estoy convencido de que, hasta aquel día, lo único que sabía de Patti Smith era el deletreo del estribillo de *Gloria*. Pero a partir de entonces no hubo una sola noche en la que no se escuchase el maldito *Horses* en la habitación contigua, y hoy en día me entristece pensar que Julia ama a Patti Smith solo para molestarme. Al fin y al cabo, *Elegy* es una canción estupenda».

—Le había preguntado cuál era su problema, ya me entiende, qué les ocurre a sus frases. Y entonces usted ha salido con esa ocurrencia del ascensor. A eso se le llama cambiar de tema.

—Nunca hago eso.

—¿Irse por las ramas?

—Siempre contesto... porque no...

—¿No?

—No puedo preguntar.

—Ah. Claro. ¿Y tiene alguna ventaja eso de no poder interrogar a nadie?



—Bueno... supongo.

—A mí me sería imposible. Creo que soy demasiado preguntona. Cotilla incluso, si quiere. En fin..., se me hace tan necesario, ¿sabe?

—Bueno. Obligas al interlocutor. A que sea él quien... pregunte.

—No sabía que eso fuera ventajoso.

—A veces. Transfiere... responsabilidades.

—Vaya... Así que no tengo que sentirme mal por someterlo a un interrogatorio. ¡En el fondo es lo que espera de mí! Qué curioso... ¡Camarero! Por favor...

La academia de música en la que estudiaba Dylan ocupaba un edificio entero. Al llegar la primavera, terminaron las obras que habían transformado el mirador del ático en un salón de actos donde se colocó el único piano de cola que había en la escuela. Días antes de la inauguración llegaron los panfletos de colores, librillos en papel nacarado con las actuaciones programadas, y Miguel y Dylan alquilaron trajes de levita con el bajo un poco más largo de lo habitual, tratando de imitar el que vestía Glenn Gould en la portada del disco de sus *Variaciones Goldberg.*

Dylan había olvidado que aquella actividad previa, llena de colores de impresión, pasos apresurados, alquiler de disfraces, no estaba concebida para él. Desde el momento en que supo que iba a escucharlo un auditorio, que habría cabezas siguiendo sus movimientos como en un partido de tenis, que muy probablemente lo aclamarían, se levantarían de sus asientos con frases al estilo de «Es increíble», «Un pequeño genio», «Pero nuestra Laura toca mejor»; desde ese momento, su pequeño ego había volteado la ordinaria lista de prioridades y costaba trabajo entender que el instante en torno al cual se organizaban sus mejores expectativas en realidad no le pertenecía. Era difícil aceptar que, le temblaran o no los dedos, lograse o no timbrar correctamente las octavas del tema, apenas intervendría en el efecto global del evento para el cual habían alquilado su padre y él los trajes de levita.



En las semanas previas al gran día, la señorita y él discutieron —bueno, Dylan trató de argumentar y acabó gruñendo, emitiendo sonidos agudos que eran la manifestación gutural de su enfado— por la pieza que habría de interpretar en la audición. No fue difícil desechar la propuesta de Dylan, que soñaba con una especie de musical absurdo donde se sucediesen piezas cortas de los Beatles, Pink Floyd y la banda sonora de *Mary Poppins.* En realidad, al principio se mostró bastante dócil y aceptó sin quejas la *Invención número 13* de Bach, pero la profesora no admiraba al canadiense Gould, de manera que no entendió la velocidad, casi espasmódica, con la que Dylan se obcecaba en interpretarla. No hubo manera de hacerle entrar en razón. «Dylan, no puedes tocar una pieza de dos minutos en cincuenta segundos»; «El público no lo entenderá»; «Está *mal* tocada».

Una y otra vez, el niño regresaba al piano y luchaba por que sus dedos fueran más veloces que en la última demostración. Cuando su enfado llegó al punto en el que un niño no afásico se deshace en insultos, él había destrozado la pieza, que más se parecía a un preludio mal medido de Rachmaninov que a la acertada irreverencia del espíritu punk de Glenn Gould, quien, en opinión de Dylan, tocaba el piano con la actitud de Johnny Rotten frente al micrófono. A estas alturas, la profesora había comprendido sus escasas posibilidades de éxito y había abandonado el aula dejando sobre el piano el *Children's corner* de Debussy, con cara de enfado y diciendo: «Toca la pieza que quieras, tan rápido como te dé la gana».



—Cuente hasta cinco.

—¿Qué?

—Contesto... su pregunta. Cuente. Uno, dos, tres, cuatro, cinco.

—Está bien. Uno, dos, tres, cuatro y cinco.

—Nota la diferencia.

—¿Diferencia? Creo que no..., lo siento.

—Su entonación. Ha cambiado.

—¿Ah, sí? ¿En qué sentido?

—Aproximarse al cinco. Una cadencia.

—Debo de ser muy estúpida, pero no acierto a entender. ¿Se refiere a la conjunción, al «y cinco»?

—Bueno. Algo así.

—Pero no exactamente...

—Su melodía... antes del cinco... indicaba el final.

—¡Ah! Quiere decir que usted no controla estos matices, que cuenta hasta cinco como si fuera a contar hasta cien.

—Exactamente.

—Vaya. ¡Qué explicación más curiosa!

—Querría otra cerveza.

—Eso está hecho.

Finalmente, la pieza escogida fue *Doctor Gradus ad parnassum,* blanca a 60: una velocidad aceptable para Dylan. Mientras sus compañeros de función se acostumbraban a la nueva altura del atril, a la dureza de los tres pedales, al típico exhibicionismo que ejercen las cuerdas de un piano de cola, Dylan se dedicó a ensayar, una y otra vez, la frase de cortesía que tenía que pronunciar al inicio de su aparición en escena. Aquella noticia de última hora había sido una verdadera contrariedad porque todo su aplomo, todo el entusiasmo, provenía de la idea de ser admirado, por una vez, desenvolviéndose en el único aspecto de su vida en el que no resultaba defectuoso. Era una exigencia absurda, dejar que las palabras contaminasen también el espacio que se otorgaba a la música, a *su* música, porque si bien es cierto que había letra en las canciones que más quería, eran palabras ininteligibles y, por lo tanto, no molestaban.



De manera que, una hora antes de que comenzara la función, Dylan recorría el salón de actos repitiendo la misma frase, «Voy a tocar, voy a tocar una pieza de», mientras los alumnos de cursos superiores lo trataban como a un mono de feria. «¿Puedes tocar esta partitura? ¿Sabes tocar canciones de Massiel?». Él tomaba el estudio de un niño repelente de tercero, un juego de escalas compuesto por Czerny, y mientras leía no paraba de repetir: «Voy a tocar una pieza de Debussy, buenas noches, voy a tocar una pieza de Debussy». El nombre del autor era lo de menos, pensó, nadie lo culparía por pronunciar mal un apellido. Entonces se concentraba en la parte inicial, «Voy a tocar una pieza de», y cuando el estudio de Czerny había finalizado —duraba apenas unos segundos a su debida velocidad— seguía diciendo «tiza» en lugar de «pieza» y los nexos preposicionales tardaban demasiado en llegar.



Como ocurre en estas ocasiones, apenas transcurrió un segundo entre la histeria colectiva del último ensayo y los minutos previos a la acción. Las luces del escenario, el primer vistazo al auditorio sacando la cabeza a escondidas por la cortina de bastidores, las caras sonrientes de los invitados, el sudor alumbrado y brillante en los pómulos de las señoras. Todas las miradas parecían evitar el punto intermedio que los separaba de la sala de butacas.

El piano se veía peligroso, encerrado en el cerco de luz que marcaba un foco redondo colgado del techo, y el recorrido hasta él parecía eterno. El murmullo de la sala se apagó antes que las luces, como si un presentimiento colectivo hubiese paralizado al público, y Dylan sintió que lo empujaban. También le dieron un trozo de paño para limpiar el sudor de las teclas. Ya entonces, cuando avanzaba tembloroso hacia el centro del escenario, supo que no lograría hacerlo.

Dirán ustedes que fue precisamente ese sentimiento el que lo paralizó, pero no fue víctima del miedo sino de la certeza, de la estimación, racional y consabida, de sus capacidades. Se paró junto al instrumento, saludó al público y comenzó a hablar sabiendo que no sería capaz de articular una frase coherente. No se detuvo porque, al fin y al cabo, estaba acostumbrado a que esa escena se repitiera cada día de su vida. Después de haber balbuceado con el brazo apoyado en la caja, lo suficiente para que al más indiscreto se le escapara la risa floja, dio media vuelta y salió del escenario.

## CUATRO

LA PRINCESA TENÍA LOS OJOS VERDES, GRANDES, SEGURAMENTE era gitana. Apareció una tarde en el bar del Ruedas pidiendo *speed* y salió con un gramo gratis y la dirección de la okupa escrita en una servilleta. Nadie sabía su edad —dieciocho, decía ella; Aurelio calculaba que dieciséis; yo puedo afirmar que ambos datos eran falsos—, tampoco qué había sido de su vida hasta entonces, aunque se rumoreaba que estaba casada, su marido era yonqui y el Estado se había quedado con un bebé recién nacido al que quiso arrojar al vertedero.



Lo cierto es que la noche en que conoció a Aurelio vestía una túnica blanca —cosida a base de sábanas viejas, según le confesó más tarde— que relucía bajo las luces de neón del escenario y estaba tan colocada que sus ojos parecían huecos, eran simplemente ojos, simplemente verdes, enormes y ausentes. Al verla, Aurelio pensó que estaba sufriendo alguna clase de alucinación psicotrópica. Ambos asistían al primer concierto de un grupo desconocido llamado Cáncer de Vejiga, que pronto se convertiría en Pabellón 40, nombre adquirido en honor a una sangrienta película de serie B sobre una penitenciaría de muertos vivientes.

Como ocurre en esta clase de conciertos en los que el grupo ni siquiera ha editado una maqueta escuchable, es muestra de respeto dedicar unos minutos a tocar versiones que el público conozca. De manera que tras una hora de espectáculo protagonizado por salivazos entre miembros del grupo, acordes acelerados e intermitentes acoplamientos entre altavoz y bajo, el cantante se arrodilló con reverencia y sonaron las primeras notas de la versión espitada del *London calling* de los Clash.

Aurelio se abría paso hacia las primeras filas y reflexionaba, en su estado de embriaguez, sobre una estrofa de la canción que siempre le ha intrigado, esa que dice «I have no fear cause London is drowning and I live by the river» ('No tengo miedo porque Londres se está ahogando y yo vivo junto al río'), y pensaba también que muy probablemente era la única persona en aquel pabellón capaz de entender lo que decían los Clash, los Pistols, los Ramones, la mierda de la New Wave, lo que fuera. En un instante de lucidez quiso reírse de todos ellos, que realizaban un acto de fe como creyentes que nunca leyeron la Biblia por no saber latín.



Justo entonces vio que el ángel caía del cielo, con su túnica romana llena de imperdibles; se lanzaba de espaldas desde el escenario y dejaba que cientos de brazos la arrastraran. Tal era su actividad cerebral aquella noche que mientras el cuerpo de la princesa iba llegando a sus manos recordó que los creadores del *stage diving* habían sido los Iggy and the Stooges y que aquel pensamiento parecía una nota a pie de página en la redacción de lo que estaba aconteciendo.

Dejó que la princesa siguiera avanzando hasta tener su cintura entre los brazos y la llevó de vuelta al suelo. En la sábana, a la altura de los pechos, se leía «All rock must be punk», y había un poso de espuma blanca en la comisura de sus labios.

Un experimento de música y memoria.
Divulgación científica «El Ateneo»
J. P. D. / *Diario Independiente de Catalunya,*
25 de octubre de 2006

*La Facultad de Psicología del País Vasco ha publicado recientemente los resultados de una investigación que revela vínculos entre la música y la memoria a largo plazo. «La neurociencia tiene mucho que aportar en este campo. Aún no sabemos con certeza qué es lo que tiene la música que nos ayuda a recordar instantes concretos uniendo imágenes con sonidos, pero ya podemos afirmar que existe un nexo entre ambos factores». Enrique Álamo, psiquiatra y musicólogo, nos habla así de la experiencia llevada a cabo con un grupo de estudiantes de la UPV.*



*«Los seleccionamos por un rango de edad y circunstancias socioculturales parecidas y elaboramos un álbum de canciones que era probable que reconocieran.* Let it be, *de los Beatles, fue nuestro primer intento. En la fase inicial, únicamente les sugerimos el título. ¿Qué les dice esta canción? ¿Recuerdan cuándo y en qué circunstancias la escucharon por primera vez? El 95% conocía la canción, y un asombroso 49% pudo referirse, ampliamente, a experiencias lejanas que recordaban haber vivido o asociado a dicho tema.*

*»En la segunda fase aislamos al grupo que había respondido al primer intento de los que no habían logrado recordar nada, y entonces les hicimos escuchar el tema. La respuesta fue sorprendente. Tras la audición, dentro del sector que había identificado* Let it be *con vivencias pasadas, un 25% logró añadir detalles muy concretos a su recuerdo, y un 3% retrocedió aún más en el tiempo, para descubrir un*

*recuerdo anterior al previamente citado. El 6% de los participantes que no había logrado responder en la primera fase obtuvo, tras la escucha, una información similar a la de sus compañeros».*

*El doctor Álamo no cree que la música pueda devolvernos recuerdos que hayan sido eliminados. Los mecanismos de la memoria a largo plazo, que los científicos sitúan en el neocórtex, son de una complejidad increíble. Lo que Álamo sostiene es que estas canciones de nuestra vida pueden actuar como un acelerador en el acto del recuerdo. «Yo escuché* Let it be *en la radio; era el año 69 y mi madre cocinaba tortitas para el cumpleaños de mi hermana. Esto es algo que recuerdo, algo que mi cerebro ha almacenado, y si pasase horas rememorando aquel año, tarde o temprano llegaría a encontrar esa imagen. Ocurre que me supone menos esfuerzo conectar el tocadiscos».*



*Detalles del estudio se recogen en el libro* With a little help from my songs, *que Enrique Álamo ha desarrollado en colaboración con el doctor en Neurociencia de la Universidad de Berkeley, Anthony Holly.*

La primera vez que Dylan oyó hablar sobre el lenguaje de signos era muy pequeño.

Conoce la historia gracias a su padre, aunque la ha escuchado tantas veces que su cerebro ha completado huecos y hoy se atribuye recuerdos que no son verdaderamente propios. El documental que Pablo León realizó al respecto tras la dictadura, toda la repercusión mediática, las nuevas leyes de memoria histórica, han ayudado a que tenga una idea concreta de lo que presenció, aunque, en realidad, es imposible que lo recuerde. Si nos paramos a analizar este fenómeno con cierta rigurosidad —el de la memoria de los personajes— no podemos omitir el hecho de que Dylan, por sí mismo, no recuerda absolutamente nada. Yo le agrego antecedentes que él absorbe como una esponja, pero lo hago a medida que necesito justificar de una forma lógica, causa-efecto, sus reacciones, peculiaridades, rasgos definitorios. Es curioso ver cómo el proceso ocurre a la inversa. Por ejemplo: antes que nada, supe que Dylan hablaría raro. Lo escuché enlazando palabras como un conversor de voz electrónico y no lo cuestioné; traté de justificarlo. Visité a un lingüista y a un equipo de pedagogos; descubrimos, juntos, por qué mi personaje hablaba como si su herramienta de traducción neuronal estuviera mal diseñada. Me hablaron de la afasia; estudié los síntomas, elegí los que más me convenían como si fuera un menú de restaurante. Pero todo esto fue posterior. Lo primero que supe de Dylan fue que hablaba a través de un filtro. Este rasgo me pareció definitivo.



La primera vez que Dylan escuchó hablar sobre el lenguaje de signos era muy pequeño. Sabe que fue antes del accidente, que su padre y él salían del metro y entonces, a lo lejos, distinguieron una especie de tablado, un escenario en la plaza de Castilla, y se acercaron a ver de qué se trataba. Las fotografías que dieron la vuelta al mundo recogen a miles de personas frente al escenario, pero cuando Dylan y Miguel se acercaron a curiosear, eran pocas las que no se detenían unos instantes y pasaban de largo, sin entender. Ellos tampoco entendieron gran cosa cuando vieron los micrófonos gigantes y los tres actores amordazados gesticulando sin parar. Miguel dedujo que se trataba de un acto político y supo escapar a tiempo. Es un espectáculo para sordos, le explicó a Dylan, y tardaron un par de horas en llegar a casa. Para entonces, todas las emisoras de radio producían la misma noticia.

Los tres actores eran militantes vascos y, antes de ser derribados a pelotazos de goma, habían pasado diez horas recitando un poema de Lauaxeta con las manos. Solo los sordomudos pudieron entenderlo, pero la multitud se congregó en torno a su discurso indescifrable con la misma fe con la que escuchaban a Simon y Garfunkel en el tocadiscos de casa: sabiendo, aunque sin entender. Esta escena la tuvo muy presente Dylan el día en que decidió *volverse* sordomudo.



Hacía tiempo que la idea le rondaba la cabeza, por lo que es difícil precisar en qué momento concreto resolvió Dylan que la situación de un sordomudo era preferible a la suya. Seguramente, las burlas de sus compañeros —que siempre estuvieron más centradas en lo cómico de su nombre que en los problemas de habla—, el fracaso de su primera audición o el mutismo de su padre pudieron agudizar este rechazo, aunque, en el fondo, lo que Dylan envidiaba de los mudos —por no decir paralíticos, ciegos, síndromes de Down o asociación de madres solteras— era la sensación de pertenencia a un grupo. Al parecer, había tragedias más populares que otras y la suya no incluía un círculo de amigos en el lote. Claro que Dylan no era plenamente consciente de esta necesidad porque ni siquiera un niño se siente cómodo reconociendo que está solo.

Aquel año que empezaba trajo consigo muchos cambios. Por un lado, Miguel empezó a escuchar música antigua: Little Richard, Buddy Holly, los discos que se vendían más baratos en el Rastro. Mientras cultivaba una nostalgia ficticia —creía recordar el pasado escuchando discos que habían llegado a España hacía solo una década—, su hijo se aficionó a tocar el piano como Jerry Lee Lewis: al estilo de Joplin, de los pianos de pub sin pedal, de los acordes de séptima que tenía que arpegiar porque no siempre le alcanzaba el ancho de las manos. Y fue entonces cuando lo cambiaron de colegio y encontró la oportunidad que venía buscando, el momento perfecto para poner en marcha su plan.

—Mire que al final vamos a acabar los dos borrachos.



—No es problema. Julia.

—De verdad que es usted una persona... especial. En el mejor de los sentidos, por supuesto...

—Especial.

—Sí. ¿Qué pasa?

—Me está llamando... anormal.

—¡No, por favor! ¡Joder! ¡Nunca acierto en cómo decirle algo agradable!

—Está bien.

—No haga eso. He sido tan imbécil que me cuesta sostenerle la mirada.

—Deme su muñeca.

—¿Puedo mirar el cenicero?

—Tiene mucha tensión. El antebrazo... Así mejor.

—Ahora resulta que también es masajista.

—Cosa de... músicos.

Lo que no soportaba era escucharse a sí mismo cometiendo una y otra vez los mismos fallos. Miguel pensó que un nuevo centro lo ayudaría a reintegrarse, pero había un niño sordo que daba los buenos días como si acabara de degustar un plato exquisito y formulaba peticiones marcando sus dos hombros con las manos. Y aquello era todo cuanto le exigían, como si al fin esa sociedad que pasó de rendirle culto al fuego a rendírselo a la palabra hubiese comprendido que el mundo puede decirse de otra forma.

¿Qué posibilidades de fracaso habría? ¿Qué argumentos pueden esgrimirse para convencer del lenguaje a quien no quiere hablarlo? Así comenzó Dylan su huelga de habla. Apenas duró una semana y terminó en el despacho de la directora, con su padre recién salido del trabajo, oliendo a sudor y en actitud de quien está a punto de recibir una regañina. «Su hijo no quiere hablar». En el gesto desganado con el que Miguel se retiró el flequillo de los ojos podía leerse el desorden de la oficina, el sobresalto del teléfono, entre papeles, y la carrera hasta el colegio, con la atención centrada en la carretera, en el exceso de velocidad y en su hijo Dylan, tres elementos que activaban la memoria del accidente. Ahora parecía exhausto. «Eso no es algo nuevo», dijo. La monja dejó caer sobre la mesa una caja llena de fichas de bibliotecario y, fingiendo que lo encontraba por azar, demasiado rápido para no haberlo tenido preparado con antelación, tal vez un golpe de efecto, extrajo el expediente de Dylan. «Aquí no dice que sea sordo».



Miguel, que comenzaba a entender, buscó la mirada de su hijo y lo encontró tamborileando con los dedos contra la mesa como si estuviese percutiendo un teclado invisible. «Ya entiendo, no es sordo pero le gustaría serlo, ¿verdad, Dylan?». Este no hizo ningún gesto que desmintiera la teoría de su padre, y la monja, en cambio, sí aplaudió la ocurrencia, asintiendo, con una sonrisa. «Lleva una semana fingiéndose sordomudo, o quién sabe qué. Lo peor es que hay un pobre niño en la escuela que ¡sí padece sordera de nacimiento y cree que se burla de él!». Aquella anotación pareció ofender a Dylan, que comenzó a percutir con más fuerza las teclas invisibles del escritorio. Miguel quiso contenerse pero, finalmente, en un gesto brusco, inmovilizó sus manos, y, mientras le apretaba muy fuerte las muñecas, dijo, sin poder ocultar la rabia: «Una decisión muy inteligente para un músico, querer volverse sordo». Al liberarse de la presión, Dylan se dejó caer contra la mesa y rompió a llorar.



La monja siguió hablando con una mueca de satisfacción mal disimulada y luego volvieron a casa en un silencio que parecía diferente al de costumbre. Dylan creyó que su padre estaba enfadado por haber tenido que firmar una carta de disculpa para los padres del niño sordo, pero, en realidad, estaba ocupado pensando en si la aversión por el lenguaje sería genética, porque había ocasiones en las que él también prefería fingirse mudo.

—Oiga, Dylan, ¿cuánto tiempo lleva trabajando en la academia?

—Demasiado.

—Entiendo. Yo aún no he hecho dos años en mi empresa y siento que llevo toda la vida. Es lo que tiene la rutina. El domingo pasado salí a la calle y me sorprendí recorriendo el camino que hago todas las mañanas para ir a trabajar. Se vuelve algo inconsciente, ¿sabe? Eso es lo jodido. Se te graba como la publicidad subliminal...

—Estoy desde... veinte años.

—¿Desde los veinte? ¿En el mismo puesto? No sabía que la academia llevara tanto tiempo abierta. Y no se piense que le estoy llamando viejo; es que... de verdad empezó usted muy joven.

—Se fueron. Las oportunidades. Las demás.

—Vaya... ¿No terminó sus estudios?

—No hice nada.

—Bueno..., algo haría, es usted un pianista estupendo. Tuvo que ser muy brillante para estar en posición de dar clases con solo veinte años.



—Fue un castigo. Mi padre. Por no estudiar.

—Mala edad. ¿Le gusta Nancy Sinatra?

—Claro.

—Qué bonita canción. Menos mal que le pedí al camarero que cambiara esa maldita música electrónica.

Aurelio no era sordo a los rumores y la primera vez que vio desnuda a la princesa no pudo evitar buscar cicatrices en su cuerpo, una cesárea, estrías en los pechos, la marca de un cigarrillo junto al ombligo. Cualquier señal que hablase del pasado. Pero su cuerpo estaba intacto, demasiado, pensó él, como si de niña no hubiese tropezado con la bici o no utilizara jeringuillas para colocarse.

Aquella vez los dos estaban muy borrachos e hicieron ruido al entrar en casa. Julia se asomó por la puerta de su cuarto para ver cómo ella se quitaba los tacones en el pasillo y caminaba de puntillas hasta la habitación de Aurelio. Le parecieron muy raras sus uñas pintadas de naranja. Tal vez le recordaban algo: su madre extravagantemente acicalada los viernes por la noche, las paredes de papel en las casas antiguas, el frío que hacía en invierno y aquella prima lejana que se quemó las piernas calentando la gloria. Mientras tanto, ya habían comenzado los ruidos en la habitación contigua; Aurelio encendía las luces para asegurarse de que aquellas caderas no podían haber parido un hijo y lograba sentirse mejor.

De todo cuanto se rumoreaba era aquella posibilidad la que lo tenía atormentado. Como si cuanto amaba en ella se viese anulado por la idea de que fuese *una madre,* porque las madres no se drogan, ni viven en pocilgas, ni escuchan punk, ni son niñas de piel transparente y sin cicatrices. La palabra *madre,* en ciertas ocasiones, solo podía designar a la suya y al pensar en ello se bloqueaba. Aun así, la curiosidad era muy grande. No hubo una sola noche en la que dejara de preguntarse, de querer saber la verdad por mucho que esta anulase el encanto.



—No vaya a ponerse triste, que es uno de los efectos del alcohol.

—Gracias por avisar.

—Bueno..., estar prevenido no suele servir de mucho en estos casos. No, lo siento, no queremos nada.

—Espere. Una rosa.

—¡Oh! ¡Qué amable! No tenía por qué. ¡Es preciosa! Me encantan las rosas amarillas.

—Agradecerle. Por la compañía.

—¿Suele venir aquí solo?

—No. Hoy. Necesitaba un trago.

—Yo también. Me alegro de haberle encontrado. Ha sido una semana difícil, ¿sabe? Llevamos meses de obras en la nueva casa. Es que no le he contado, pero Aurelio y yo hemos comprado un chalé en las afueras y lo estamos reformando. Hasta entonces cada quien vive en su piso. Cada vez falta menos para que todo esté listo y nos mudemos a la nueva casa. Y todo es una locura. Vigas, tabiques...; yo no entiendo nada.

Miguel no volvió a tratar con Dylan el asunto del mutismo. Al día siguiente, continuando una vieja tradición que se remontaba a la época en la que Emilia vivía, hicieron las paces visitando London Records y Dylan pensó que el tema había quedado zanjado. Por el momento era todo cuanto pedía, no darle más vueltas a su fracaso. Sin embargo, lo cierto es que Miguel tenía intención de mantener una conversación con él y seguramente lo hubiera hecho esa misma tarde de no haber sido tan fuerte la impresión que le produjo aquella visita a la tienda de discos en la primavera de 1977.



El encargado del local era un viejo conocido de Miguel. Había comenzado vendiendo discos de Bob Dylan en los jardines de la universidad y desde entonces lo recordaba siempre igual, con su camiseta del festival de Monterrey y los pantalones bombachos llenos de manchas de lejía, con el dinero justo, viajando intermitentemente a Londres y Liverpool en busca de inspiración, porque aquella faena de vender discos había sido siempre de carácter temporal: su verdadera meta era montar un grupo de música en español que pudiera competir con el rock británico de los mismísimos Beatles.

Si mediante esta breve descripción se hacen una idea del carácter general del personaje, entenderán perfectamente el asombro de Miguel cuando lo encontró aquella mañana recién llegado de Carnaby Street, con el pelo cardado y una indumentaria compuesta por mallas de leopardo, botas militares y una camiseta de la reina de Inglaterra llena de rotos e imperdibles.

Dylan no tenía esa costumbre pero, nada más verlo, rompió a reír. Miguel, más discreto, primero estrechó su mano y luego preguntó a qué se debía el disfraz. Realmente llegó a pensar que estaban en Carnavales y él no se había enterado. El vendedor fingió no haberlos oído y pidió que lo acompañaran a la trastienda. Allí se amontonaban los discos más viejos y los más nuevos, los que o bien se habían descatalogado o aún no habían sido colocados en las baldas. «Hace solo dos días que volví de Londres —dijo, queriendo disculparse por la cantidad de cajas sin abrir que se amontonaban en el suelo—. Esto está hecho un desastre». Sepultada por un montón de vinilos usados, rescató una maleta llena de ediciones del sencillo *God save the Queen* de los Sex Pistols. Miguel pronto comprendió que aquel *single* era el culpable de la excitación de su amigo, que nada más tocarlo se había transformado y ahora le brillaban los ojos y daba saltitos en el suelo, como si le fuera imposible estarse quieto. «Esto, esto... —repitió varias veces señalando el disco—, esto es lo más grande que ha ocurrido en el mundo de la música desde que tú y yo éramos niños, Miguel. Dentro de muchos años la historia del rock se verá como una sucesión de acontecimientos entre el *Hound dog* de Elvis y este sencillo».



Redujo la distancia que los separaba y, bajando la voz, dijo: «En Inglaterra acaban de prohibirlo y las emisoras de radio no quieren meterse en líos. Me ha costado lo mío conseguir estos ejemplares». Miguel le arrancó el disco de las manos y echó un vistazo rápido. «Con estas pintas nadie puede hacer música decente». «Eso mismo decían los buenos americanos blancos del *rock'n'roll.* Te estás quedando anticuado, Miguel. Esta ropa que tanta gracia te hace la he conseguido en la tienda del mismísimo McLaren, el mánager de los Pistols. Dentro de poco la gente se matará por conseguirla». Con una sonrisa escéptica y muchas ganas de abandonar el local para desahogarse con unas buenas carcajadas, Miguel acabó comprando el *God save the Queen* junto con lo último de Lou Reed y el *Wish you were here* de Pink Floyd. En todo lo que duró el trayecto de vuelta a casa no pudo dejar de mirar a esos colgados con pinta de drogadictos decadentes que amenazaban desde la portada con escupir a transeúntes por la calle. Aquella fascinación que duró unos minutos acabó mitigándose mediante una especie de miedo irracional que a punto estuvo de hacerle arrojar el disco a las vías del metro.



—Un chalé. Comprado. Vaya.

—Ay, Dylan... ¿Y si la chica rubia lo esperaba a él?

—No.

—Usted también lo ha pensado, ¿verdad?

—Absurdo. Mucha coincidencia.

—Pero no existen, las coincidencias no existen. Usted también lo dijo. Y es que no me puedo creer que sea fortuito, ella y yo, en este mismo bar. Las dos esperando a alguien.

—Julia. Está imaginando.

La okupación de la calle Santa Rita luchó durante cinco años contra órdenes de desalojo, denuncias por tráfico de droga e injurias. La más notable de ellas la protagonizó un reportero sensacionalista —hoy en día influyente crítico musical— que alarmó a muchas madres españolas proclamando la llegada del satanismo a España, acusando a los compañeros de Aurelio de protagonizar la versión española de Charles Manson y su *Family*. Según el relato, infiltrados en la comuna habían descubierto restos de placenta, inscripciones sangrientas en las paredes y cócteles de anfetaminas preparados para alterar la conciencia de los sectarios. Esto último tal vez fuera cierto.

Sin duda lo más pernicioso de los rumores es que siempre cabe la posibilidad de que sean ciertos. Y esta certeza de la posible certeza activa una serie de mecanismos internos muy complejos —algo al estilo de menos y menos forman plus, o la raíz cuadrada de cero es siempre uno— que llevados al extremo convierten lo posible en verdad irrefutable. Por eso, durante unos meses, hubo manifestaciones frente a la casa, pintadas xenófobas en las paredes y, además, el gusto por la murmuración traspasó los muros de la casa.



El 15 de mayo de 1998, el Ayuntamiento de Madrid dio orden de derribar el edificio, que la madrugada anterior había sido intencionadamente quemado. Marina, la más veterana, vencedora en mil batallas burocráticas, aceptó como el resto del grupo que los culpables habían sido aquellos acosadores de los grafitis. Sin embargo, nunca dejó de pensar en la niña de Aurelio y en ella misma como responsables de lo sucedido.

Hay que tener en cuenta que desató los rumores cuando la presión sobre la comuna se estaba haciendo insoportable. Era un lunes por la mañana y estaba sola en la casa. Había comprado disolvente y salió a la calle a limpiar las nuevas pintadas con las que había amanecido la fachada. Entonces vio entrar a la princesa con un tipo de aspecto desagradable. Ninguno de los dos se fijó en ella porque parecía una empleada de la limpieza, camuflada con un chubasquero azul de lluvia que se le iba pegando al cuerpo con el sudor. Pasaron treinta minutos y el hombre salió de nuevo por la puerta. Ocurrió exactamente lo mismo con un sujeto diferente antes de que el resto de los compañeros regresaran para comer.

Aquella noche convocó una reunión de urgencia a la que no asistieron ni Aurelio ni la princesa y dejó bien clara su postura: aquella no era una casa de putas, y lo que menos les convenía, dada la situación, era que los vecinos así lo sospecharan. En cualquier caso, ¿quién recordaba de dónde había salido esa gitana? Como no podía ser de otra manera, la decisión se tomó democráticamente, mediante voto secreto y por unanimidad. Decidieron desalojarla pasado el fin de semana porque habían organizado un concierto y necesitaban personal; además, a nadie se le escapaba que la barra funcionaba mejor cuando ella trabajaba de camarera.



—Tengo un mal presentimiento. ¿Sabe cuando teme algo y de repente siente que eso tan horrible ya ha pasado, que no puede hacer nada para evitarlo porque, de hecho, ya ha ocurrido? Es como si estuviese aquí emborrachándome para olvidar algo que todavía no es real..., no para mí.

—Deje de beber.

—Imposible. Me ayuda a pensar, ¿sabe?

—Nada que pensar. Obsesionada.

—Lo sé, sé que parezco loca, o borracha, pero no he parado de pensar en ello. Esa maldita rubia...; no es normal, no es normal. ¿Por qué le ha asustado tanto verme?

—Será homosexual. No sé. Voy al baño.

Aurelio lo ha pensado tantas veces que ya no tiene ningún valor. Sin darse cuenta de que lo hacía, se ha acostumbrado a explicar su vida como una sucesión de equivocaciones que se justifican, las unas a las otras, desde aquella noche en la que no dejó que ella entrara en su casa.

Otra cualidad de las habladurías es que se propagan por la vía más rápida, que es el boca a boca. En el último concierto que se dio en la casona de la calle Santa Rita, mientras Aurelio mataba el tiempo hasta que ella terminara de trabajar, la noticia llegó a sus oídos. Por eso no dejó que durmiera con él.



En orden cronológico, todo ocurrió de la siguiente manera:

Llegó a la fiesta y la vio apoyada en la barra, hablando con el guitarra del grupo invitado. Llevaba un vestido de cuadros rojos que le había regalado Aurelio para su cumpleaños. El vestido era muy escotado y parecía de cierta calidad por los centímetros de tul negro que adornaban el bajo. Aurelio no estaba celoso del guitarrista, dice que nunca se prohibieron estar con otras personas. Se apoyó en la barra solo para verla de cerca y descubrió que no era el único que miraba.

A su espalda, escuchó la conversación entre dos hombres. Prestó atención cuando comprendió que hablaban de ella. «Esa es la chica que te dije, a la que van a echar por puta», dijo uno. El otro contestó: «Es una lástima. Deberían incluir sus servicios en la agenda de actividades». Aurelio se acercó a ellos y preguntó de qué hablaban. Al principio lo ignoraron, pero tomaron un trago juntos y entonces le dijeron que alguien les había contado que iban a echar a la camarera «porque se trae a los clientes a la okupa».

Aurelio se acercó a Marina e, indignado, le exigió una explicación. Confirmó la versión de los dos desconocidos y lamentó no haberle contado la historia ella misma. No quería herirle, dijo, y además, a las reuniones de ese tipo solo asistían residentes.

Aurelio regresó andando a casa y por el camino sus pies comenzaron a volverse pesados, algo le oprimía el pecho y pensó que estaba sufriendo una taquicardia. Le había ocurrido alguna vez, por tomar demasiado cannabis. Se sentó en la cuneta y comenzaron a sucederse las imágenes, que eran preguntas. Las preguntas que acompañaban siempre a la princesa: si era madre y puta al mismo tiempo. Si se borraba las cicatrices con láser para imitar las figuras de cera. Si se acostaba con hombres a cambio de una ducha caliente. Si arrojaba niños al vertedero. Si pertenecía a una secta satánica inspirada en Charles Manson. Si...

Con tantas preguntas que nadie había formulado a su debido tiempo, aquella noche la princesa durmió en la calle y a la mañana siguiente Julia la encontró tirada en el portal, con la cabeza apoyada en el felpudo.

No vivían lejos de la okupa y el olor a quemado podía sentirse desde aquella distancia.



—Ay, por favor..., qué estoy haciendo.

—Pensar de más. Julia.

—Me da tanto miedo... La hipoteca, los gastos y..., y ¡tal vez Claudia lo esperaba a él! ¿Entiende?

—Claudia. Se llama.

—Así es, Claudia. Y recuerdo perfectamente cómo la miraba, el muy cerdo. Tenía dieciséis años. ¿Se imagina? Una adolescente pijita, con uniforme y todo eso.

—Entiendo. Daban clase... en academia...

—No... ¡Ojalá! Si lo peor de todo es que la dejaba entrar en mi casa. Se encerraban en el estudio y..., claro, yo solo podía imaginar lo que ocurría ahí dentro.

—Tranquilícese.

—Claro, claro. Usted no tiene por qué aguantar mis neuras. En el fondo es culpa del alcohol, ¿sabe? Me hace tergiversar la realidad. Olvídelo.



Aquella noche de sábado Julia tomó un par de copas con sus compañeros de universidad y regresó pronto a casa. Serían las dos de la madrugada cuando entró en el portal. No había nadie. Sandra seguía despierta, estudiando en la habitación. Salió a recibirla con una taza de café entre las manos. Tenía unas ojeras enormes e interrumpía la conversación constantemente para reiterar frases que estaba memorizando, como si tuviese miedo de que la charla borrara los últimos datos que había grabado su cerebro. Además, estaba visiblemente enfadada. Julia aún no se había quitado la chaqueta cuando comenzó a despotricar contra Aurelio, quien, según decía, llevaba toda la noche recibiendo en el portero automático timbrazos de su ligue.

«¿Por qué va a tener él la culpa?», preguntó Julia. Sandra resopló y dejó caer algo de café en el suelo. «Es raro. Ha llegado muy pronto esta noche, antes de las doce», dijo. Luego siguió memorizando leyes y nada la interrumpió hasta las cinco de la mañana, cuando volvió a sonar el timbre, débilmente esta vez, como sin ganas. Aquella noche Julia no escuchó ruidos en la habitación de al lado y aun así estuvo despierta durante horas. El insomnio se había mezclado con esa excitación que precede a los grandes cambios. Algo así como un sexto sentido que nos pone en alerta y que Julia interpretó como una señal: Aurelio había dejado a la chica con la que pasaba las noches y ahora llegaría su oportunidad. Reticente a abandonar su costumbre, pegó la oreja a la pared y quiso adivinar su respiración a solo unos centímetros de distancia, casi durmiendo junto a ella.

A la mañana siguiente, al despertar en la misma posición, se dio cuenta de que a falta de murmullos reales que la arropasen, se había quedado dormida imaginando lo que ocurriría en la habitación de al lado. Eran las diez de la mañana y la casa estaba en silencio. Decidió desayunar fuera porque le asustaba sentirse tan sola en el piso, tan sin ruido.



La encontró tirada en el suelo, boca arriba, con los brazos en cruz y parte del cabello atrapado entre las hebras gruesas del felpudo. Supo que se trataba de ella por el esmalte naranja chicle de sus uñas, que estaba ahora descascarillado, como si llevara semanas sin retocar la capa de pintura. Parecía dormida, pero cuando se agachó a tomarle el pulso vio que movía los labios y fue entonces cuando reparó en el temblor de sus brazos y también le pareció que sudaba demasiado para estar durmiendo una simple borrachera. «¿Me escuchas? ¿Estás bien?». Como respuesta, notó que acentuaba el movimiento de sus labios. «No te oigo, habla más alto».

Dejó escapar algo de aire y Julia se tumbó en el suelo, junto a ella, para tratar de entender. Creyó que repetía constantemente la siguiente frase: «Los jueves vamos al parque a ver al niño», o tal vez: «No sabes por qué ver al niño», aunque quizá ninguna de las dos.

Decidió volver a casa en busca de Aurelio y le temblaron las manos cuando golpeó en la puerta de su habitación y él la invitó a pasar. Desde aquella noche que pasaron juntos, hacía ya dos meses, no había vuelto a entrar en ese cuarto. Se permitió unos segundos. Inspeccionó las paredes, recordó el cabecero de la cama y deseó verlo recién levantado muchas veces, con el pelo sin arreglar cayéndole sobre los ojos, igual que en ese mismo instante.

«Hay un problema. Necesito que bajes al portal conmigo». Durante años, Julia ha sentido remordimientos por recordar felices los segundos en los que pudo sujetar su brazo mientras bajaban corriendo la escalera. Sudaron al mismo tiempo al intentar levantarla del suelo y cuando por fin lograron acostarla, con la mayor discreción posible, se había creado una complicidad entre ambos. Julia incluso se permitió aconsejarlo y propuso llamar a una ambulancia, pero la idea no pareció gustarle.



—¿Estaban limpios los baños?

—Sin problema.

—En el de chicas había un olor insoportable. Casi me mareo.

—Vaya asco.

—Con este calor, la verdad es que la ciudad se vuelve pestilente. La semana pasada, cuando fui a firmar los papeles de la hipoteca, se estaba descomponiendo una rata ¡en la entrada del banco! ¿Se hace una idea? ¡Los muy cerdos no se habían molestado en retirarla! Yo no sé, estamos todos locos. No solo permitimos que nos estafen de esa manera, con los créditos, que cada día son más impresentables. Es que no nos quejamos ni por insalubridad. Hacen con nosotros lo que quieren.

—Hipoteca. Mal asunto.

—Lo sé. No es el mejor momento, dicen. ¿Qué interés paga usted?

—Yo no.

—Ah. ¿Vive de alquiler? La verdad es que es lo más sensato. No sé de dónde le viene esta obsesión a la gente por tener propiedades. Si al final cuando has terminado de pagar estás con un pie en la tumba.



Durante la noche, Aurelio estuvo varias veces a punto de abrirle la puerta, pero su determinación no necesitaba argumentos. Consiguió dormir algo de siete a diez de la mañana y, cuando Julia golpeó en su puerta, se despertó desconcertado. Había soñado que dormía junto a la princesa y escuchaba cómo esta desvariaba en sueños, repetía un nombre constantemente y él la golpeaba, celoso de que fuese el de alguno de sus amantes. Al despertar, le sorprendió que no estuviera junto a él; y descubrirla tumbada en el portal de su casa fue una especie de consecución del sueño, como si se hubiese cumplido a medias, ya que, al fin y al cabo, toda la noche habían estado dormidos muy cerca.

No era la primera vez que la veía en ese estado. Eso pensó. Que no estaba más grave que en alguna otra ocasión, que si llamaba a una ambulancia nunca se lo perdonaría. La cubrió de mantas porque temblaba de frío y antes de dejarla sola besó sus labios. Le pareció que se quedaba muy tranquila nada más rozarla y comprendió que era incapaz de sentir rencor hacia ella. Era imposible estando tan quieta, tan apacible, como una figurita de porcelana.

Tal vez ya estaba muerta cuando Aurelio salió de la habitación, pero él, en su ignorancia y por designio mío, aún pudo gozar de varias horas de paz sin ser consciente de que eran las últimas. Cuando regresó a la habitación e intentó despertarla estaba rígida, y buscando su pulso descubrió en la sien izquierda una cicatriz estrecha que se alargaba por todo el cráneo y había permanecido oculta bajo su cabello. Descubrió que había sido madre, puta y que ahora estaba muerta.



—Vivo con mi padre.

—Ah... ¿Es suya la casa?

—Más o menos.

—¡Pues no sabe la suerte que tiene! Se hace imposible llegar a fin de mes teniendo que pagar créditos o alquileres altísimos. Que hay que ver lo que han subido últimamente. ¿Sabe lo que pagábamos Aurelio y yo por el piso en el que vivíamos antes, en la calle Princesa? Cincuenta mil pesetas al mes, trescientos euros de los de ahora, ¿no? Un chiste en comparación con lo que se está pagando hoy en día por vivir en Madrid.

—Ciertamente.

—¿Y su madre? ¿No vive con ustedes?

—Murió.

—Ah. ¡Lo siento mucho!

—Hace treinta años.

Así acabó el punk para Aurelio.

Personalmente, considero que fue uno de los movimientos desagradables pero necesarios que se dan periódicamente a lo largo de la historia, algo así como la literatura neoclásica, las excentricidades numéricas de la escuela de Viena o la democracia. De todos estos ejemplos resulta especialmente representativo el caso de la poesía rococó y demás infortunios ilustrados, que simbolizaron la actitud punk del siglo XVIII, esa pequeña revolución contra el *establishment* de los malos imitadores de Calderón, que no desató una época de creación sino que logró acabar con los despojos de un legado en decadencia.

El verdadero punk de los setenta —si es que alguna vez existió como movimiento revolucionario y no de puro márquetin— emergió siendo un aparato crítico capaz de reírse de los estadios abarrotados, de la bocaza de Mick Jagger, quien, a esas alturas, aparte de cobrar millones de dólares por mostrarla, no significaba nada. Era una juventud con memoria que había escuchado a Elvis y sabía de los años en los que el *rock'n'roll* había sido el terrorismo que más asustaba a la blanca sociedad norteamericana. Habían soñado con una música que escandalizaba mediante contoneos pélvicos, una maquinaria incansable en la tarea de cuestionar los valores podridos de Occidente, y se encontraron con estrellas millonarias, con Margaret Thatcher y el jubileo de la reina de Inglaterra.

Precisamente, mi escena favorita de la historia de la música en el siglo XX ocurrió sobre el río Támesis la noche en la que Gran Bretaña celebraba el 51 aniversario de Isabel II. El grupo más famoso de Inglaterra no sonaba en la BBC y tenía prohibido actuar en suelo inglés, de manera que alquilaron un bote y nadie pudo evitar que los fuegos artificiales que debían honrar a la reina se convirtieran en la iluminación sorpresa de un concierto de los Sex Pistols.

Rodeados de agua, sonaban peor que nunca; Sid Vicious ya comenzaba a flaquear y encima la velada acabó en batalla campal, pero aquel sinsentido era precisamente lo que el punk significaba, era la música que Guy Debord hubiera querido para sus hijos, y los protagonistas se aferraron a la idea de crear un nuevo concepto del rock a partir de su propia destrucción. Y de la destrucción de sí mismos.

## CINCO

EN EL AÑO 1980 DYLAN ESCUCHÓ POR ENÉSIMA VEZ LA HISTORIA de Bob Dylan y el festival de Newport. Su padre era capaz de emocionarse como si realmente hubiera estado allí, como si fuera él uno de esos jóvenes que vieron tocar *Maggie's farm* bajo la lluvia. 110 voltios. Sabía perfectamente que habían sido 110 los voltios del equipo de Bob Dylan; y cómo no tener en cuenta su importancia, cómo no imaginar a esos jóvenes mal vestidos que cantaban *We shall overcome* y odiaban el *rock'n'roll* de letras vacías, el «yo y mi nena follando en el coche».



—Bob Dylan, hijo, fue a ver a los Beatles y les dijo: «Chicos, vosotros no decís nada, no tenéis nada que decir». Bob Dylan obligó a John Lennon a escribir letras con sentido. Bob Dylan inventó la integridad para el *rock'n'roll.*

—Harto. De historia.

Miguel se quedó atónito. No llegó a comprender que, de no haber sustituido durante años los cuentos de Andersen por biografías musicales, aquel instante no habría tenido lugar. Pero no podemos culparlo; es difícil ser un personaje y escapar de las obsesiones del autor. Miguel es víctima de las aspiraciones de esta novela por expandir la música como un virus por todos los rincones de la cotidianidad.

Por mucho que hubiera querido educar a su hijo de otra manera, todos sus intentos habrían sido en balde.

Estaba sonando *It's alright, ma (I'm only bleeding)* cuando Dylan movió el transistor y conectó la radio. Su padre estuvo unos minutos sin moverse, pero de pronto Alaska y sus Pegamoides habían irrumpido en el salón y la indignación se apoderó de él. Se volvió hacia su hijo y le asestó una bofetada.

Aquel fue el primero de una serie de altercados que concluyeron en una visita a la tienda de electrónica. El reproductor de vinilos de la sala siguió siendo el único de la casa, pero en su habitación Dylan instaló una radio con casete y comenzó esa época terrible en la que los hijos dejan de escuchar la misma música que sus padres.



—Vaya... Tiene que ser difícil crecer sin madre. ¿Qué años tenía cuando murió?

—Cinco.

—¡Ay, pobrecito! Qué pequeño. Pero ¿se acuerda de algo?

—Del hospital.

—¿Murió en el hospital? ¿Estaba enferma?

—No. Un accidente.

—Vaya... Disculpe, igual no le gusta hablar de este tema. Le ha cambiado la cara. Ya sabe que yo pregunto mucho pero en ningún momento está obligado a contestarme, ¿eh? De hecho, puede mandarme callar cuando quiera, me suele venir bien.

—No. Es la música. No puedo.

—¿Cómo dice?

—No... la... soporto.

—Hombre, no es para escucharla sentado.

—A usted... le gusta...

—Bueno. No demasiado, pero lo cierto es que después de tanto tiempo viviendo con Aurelio ni siquiera la oigo. He aprendido a abstraerme de tal manera que poco me importa lo que suene.

### MÚSICA EN FAMILIA: ALLAN BEASTFULL
(Reseña publicada en el blog *Ciegos en la luna* el 25 de abril de 2009)



*Allan Beastfull, fundador de la revista musical* The Rats, *más conocido por su sonado matrimonio con la modelo y cantante francesa Emile de Crue, produjo en el año 1985 una singular película alemana, de menor repercusión mediática que interés cinematográfico, titulada* Rock around the clock, tres décadas de rock'n'roll. *Explotó un género, hasta entonces desconocido, que era capaz de aunar elementos del documental de investigación con lo mejor de los musicales de Broadway.*

*El resultado es confuso: un grupo de actores que se hacen pasar por Elvis Presley, Chuck Berry, Ray Charles, opinan sobre las repercusiones mediáticas del* rock'n'roll *ante una cámara fija tras la cual se adivina la presencia de un reportero preguntón.*

*Las entrevistas parecen haber sido grabadas de seguido pero se ven fragmentadas por diferentes números musicales en los que, por poner un ejemplo, imitadores de Jimi Hendrix y de los Who protagonizan un simpático altercado, una competición por ver quién resulta más destructor sobre el escenario. Los arreglos musicales son estupendos y, trans-*

curridos los primeros minutos de desconcierto, el espectador acaba acostumbrándose al montaje e incluso se deja engañar por él.

Otra singular iniciativa de este prolífico crítico salió publicada por entregas en *The Rats*, y este mes la editorial Esfera Musical recoge estos escritos en un libro-CD con diseño de Austen Chidly. Se trata de un extenso reportaje que analiza la historia de los hábitos musicales entre padres e hijos desde comienzos del siglo XX. Un bonito pretexto que nos adentra en la historia de nuestra música popular. Partimos de la posguerra, cuando los tiempos difíciles favorecieron el estancamiento del mundo del espectáculo en una espiral de cabarés y orquestas anticuadas, tonos cálidos y acogedores que escuchaban por igual padres e hijos. No existía nada parecido a una música *teenage*, nada con lo que pudieran identificarse los niños de la guerra.

Sin embargo, llegaron los años cincuenta y ya no había racionamientos ni bombardeos, sino tarjetas de crédito y dinero propio que gastar. Como en todo sistema de mercado, dice Beastfull, la demanda estaba allí mucho antes de que empresarios, músicos y Elvis Presleys llegaran a satisfacerla.

En Estados Unidos, los cortes generacionales se volvieron irreconciliables. Ahora los padres blancos escuchaban a Doris Day, a Perry Como y se agrupaban en asociaciones ultracatólicas para preservar a sus hijos de la amenaza negra del *rock'n'roll*. Pero Elvis también llegó a ser políticamente correcto, con su llamada a filas y el homenajeado espíritu patriótico que reblandece el más duro de los corazones americanos.

El autor considera que hoy en día es común encontrar a padres e hijos que acuden juntos a ver tocar a Bruce

*Springsteen y que, sin duda, este es un indicador de que la música rock se ha afianzado en la sociedad como parte de una cultura tan extensa que puede traspasar generaciones. Sin embargo, ocasionalmente, aparecen personajes o posturas demasiado chocantes para un gran sector de la población. Es el caso de Marilyn Manson, de ciertas letras de los Guns N'Roses o de los comportamientos criminales, no siempre verosímiles, de estrellas del rap que de nuevo establecen la barrera entre lo que los niños quieren oír y lo que el público adulto considera pernicioso que escuchen.*

*De cualquier manera, concluye Beastfull, estos comportamientos conflictivos permanecen ligados, cuando más, a una estrategia comercial y en ningún caso afectan a la música, si esta sigue unida a estandartes de calidad e innovación ante cualquier otro principio.*



—Tiene usted que entender... Han cambiado tanto las drogas... Es imposible que la música no se vea afectada por ello. No se ría, es cierto. Con LSD hubo movimiento *hippie,* rock psicodélico. *Speed* para el punk, y ahora, con todas estas drogas de diseño, pues han creado su propio estilo musical.

—Bonita teoría.

—¿No está de acuerdo?

—Puede ser.

—Pero... ¿qué es lo que le molesta tanto de la música electrónica?

—Poco humana.

—¿Como la voz del ascensor? Está bien, no ha tenido gracia. Pero dígame qué quiere decir con eso. Es interesante, usted que tiene toda esa formación clásica, saber lo que opina sobre la música de este nuevo siglo. De verdad me parece interesante.

—Cada vez menos... contacto. Con instrumento.

Julia conserva la esperanza de que una vez firmada la hipoteca nunca más tendrá que escuchar las palabras «planos», «claraboya», «vigas flotantes», «perro para el jardín». Firmará con los ojos cerrados, sin pensar en el alcance de lo que está haciendo. Siempre actuará así. Lo pronosticó una psicóloga que dirigía terapias de grupo para mujeres adictas en el polideportivo del barrio.



Había cocainómanas, fumadoras, alcohólicas de fin de semana y alguna con debilidad por las relaciones obsesivas. Era una de esas iniciativas que el Ayuntamiento programa junto con los campeonatos de baloncesto y futbito. Cuando Julia se incorporó a la terapia no supo especificar el problema que la había llevado hasta allí. Acabó decantándose por el alcohol.

El primer y único día que asistió, después de escuchar la historia de una auxiliar de farmacia a la que habían despedido por robar ketamina en la trastienda, la monitora propuso un ejercicio que consistía en arrojarse desde unos dos metros de altura, de espaldas y con los ojos cerrados, contra unas colchonetas que amortiguaban el golpe. No es capaz de recordar cuál era exactamente el objetivo del ejercicio, pero todas se mostraron asustadas y las hubo que subieron al podio temblorosas, ayudadas por la psicóloga, que las confortaba antes de la caída. Julia se permitió mirarlas con cierto desdén, pese a que ella también notaba el vértigo en el estómago. Por eso cuando llegó su turno subió rápidamente, cerró los ojos y se abalanzó al vacío, sin pensarlo, cuanto antes, para quitárselo de encima. La monitora le tendió la mano ayudándola a incorporarse y le preguntó por la experiencia. «Me gustaría volver a repetirlo, para ser más consciente de ello. Apenas he sentido la caída», dijo Julia.

Ahora el empleado del banco le tiende cinco copias del contrato, que firma con los ojos cerrados, tratando de recordar con todas sus fuerzas aquella sensación que no ha conservado su conciencia. Aurelio también recuerda, al estampar su firma junto a la de ella. Recuerda que la primera vez que hicieron algo similar estaban consintiendo el traslado de la princesa al depósito de cadáveres.



—He pedido al camarero que cambie de música.

—Se ofendió...

—No, qué va. Si James me conoce desde que era una cría. Lleva detrás de esa barra por lo menos quince años. Es escocés, ¿sabe? Aurelio dice que tiene un acento rarísimo, pero cuando era estudiante solía venir a charlar con él, para practicar. Una vida rara la de ese tipo. Es homosexual, con esposa y tres hijos en Escocia. ¿Se hace una idea? Increíble lo que las personas pueden llegar a engañarse a sí mismas.

—Gracias.

—¿Por qué?

—La música. Mucho mejor.

Todos los años, cada conservatorio y escuela de música de España elegía un candidato para el concurso de jóvenes intérpretes de San Sebastián. Dylan había esperado con impaciencia su undécimo cumpleaños para estar incluido en el intervalo de edades exigido en las bases y por fin el momento había llegado. Sin embargo, cuando le presentaron a Tania y supo que tendría que compartir el tan ansiado protagonismo, toda su ilusión se vino abajo.

Odiaba a las cantantes, odiaba las partituras de acompañamiento pianístico y odiaba a Tania, con su maquillaje blanco, sus ojeras falsas, todo aquel aspecto funerario que exhibía con orgullo y en el que encajaba a la perfección el timbre oscuro de su voz de contralto. Pero no había nada que hacer. Medir con rigurosidad cada nota, adaptarlas a la voz de ella. Se consolaba pensando que, gracias a su compañía, no tendría que hablar durante el concurso.



Se llamaba Tania Heilmer. Era inglesa, de las afueras de Liverpool. Veraneaban en la península cuando su padre murió inoportunamente en la costa andaluza y su madre postergó tanto el regreso a casa que ya llevaban quince años asentadas en España. Hoy nadie la recuerda, pero se adelantó casi una década a sus propios compatriotas cuando en 1978, con apenas dieciséis años, comenzó a compaginar sus estudios de conservatorio con el liderazgo de la primera banda de *power metal* sinfónico del país.

Antígona estaba compuesta por dos guitarristas amantes de Steve Vai, un violonchelo con pegatinas de Ozzy Osbourne, una teclista de formación clásica y un percusionista que trataba de ocultar su falta de técnica llevando un ritmo simple a velocidades espasmódicas; perdía más de dos litros de líquidos en cada concierto. La voz de Tania se sobreponía sin esfuerzo a los vatios de las guitarras eléctricas, a los acordes prolongados del sonido organístico del teclado e incluso era capaz de atemperar al batería.

Dylan escuchó por primera vez a los Scorpions gracias a ella. Apareció en uno de los ensayos cantando *We'll burn the sky* y, con el tono autoritario con el que acostumbraba a dirigirse a él, le ordenó que la acompañara, con acordes desplegados al estilo de Brahms, sin acelerarse.

Tal vez, si hubiese conocido la canción de antemano, a Dylan le habría parecido exagerado el despliegue de voz de la cantante, los cuatro tonos de más y el énfasis, algo patético, con el que exageraba los gorgoritos propios de la voz de Meine cuando gritaba «heart, heart, heart». Sin embargo, acababa de consagrarse el *heavy metal* y lo más parecido que Dylan había escuchado hasta entonces eran los discos de Jimi Hendrix. «Aquí debería entrar el *riff*. ¿Sabes lo que es un *riff*?». Obviamente, Dylan no lo sabía. Y no, tampoco había escuchado a Black Sabbath para poder hacerse una idea. Aquello pareció herir a Tania en lo más profundo. Arrancó la esquina de su partitura y anotó el nombre de un programa radiofónico, con su dial y horario correspondiente. Como no podía ser de otra manera, le ordenó que lo escuchara.



Dylan quiso perdonar su carácter tiránico e interpretarlo como un rasgo típico de los británicos, igual que el té con pastas, Shakespeare o el cambio de guardia. Aquella tarde, al llegar a casa, se encerró en su cuarto y sintonizó Top of the steel, presentado por Hugo Puig —futuro integrante de Psicosis Elemental, una de las primeras bandas precursoras del *metal* español—, quien inició la sesión de aquella tarde con *Breaking the law*. Miguel pronto irrumpió en el cuarto y exigió que bajara el volumen de aquel disco rayado. Desde los Beatles nada le había parecido tan horriblemente reiterativo.

—Vaya... Esta canción me recuerda a mi primer coche. Era un Seat Panda viejísimo y nos lo vendieron con una cinta de Simon y Garfunkel incrustada en el casete. Me pasé años escuchando la cara B de *Bridge over troubled water.*

—Casetes. Siempre... rompían.

—Ya. Qué mierda. A veces tengo la impresión de ser la última europea que sigue escuchando música en esos trastos. Pero es que nuestro coche no traía CD de serie.

—Casa. Coche.

—¿Cómo dice?

—Usted. Muy joven para... todo eso.



«Es una historia muy triste. Es como si Jesucristo, en vez de sacrificarse, hubiera elegido la venganza contra esa *crowd* de traidores que lo increpaban. Lo más triste de todo es que parece querer decir que siempre merecemos los horrores que nos llegan.

»La primera vez que escuché la canción había muerto mi *dad* y me hizo llorar muchísimo. En realidad, hay un pesimismo extremo en todo el disco, centrado en la humanidad, *okay?* Como si Ozzy hubiera perdido la fe en el género humano. Cuenta la historia de un hombre que viaja al futuro para salvar a la humanidad de una gran e inminente catástrofe. *This is the plan:* descubre la causa del fin del mundo y regresa al presente para alertar a la humanidad, pero en su camino de vuelta ocurre un fallo en el campo magnético responsable de estos viajes en el tiempo.

»*He was turned to steel,* ahora es un *Iron Man,* un hombre de hierro, *right?* No se puede mover, o tal vez, de moverse caería para siempre. Nadie sabe si está vivo o muerto y a nadie le importa. Eso es lo terrible. El mundo que quiso salvar avanza sin siquiera mirarlo, sin escuchar su mensaje. Entonces *Iron Man loses his mind,* olvida su misión y comienza a planear su venganza contra la humanidad que le ha dado la espalda. Acumula tanto odio que la masacre es infinita. *And that's the paradox.* Él debía salvar el mundo, pero lo acaba destruyendo.

»Hay una especie de reiteración en la historia, de ciclo que empieza y acaba, una y otra vez. De ahí la repetición del *riff,* supongo que ahora ya sabes lo que es un *riff.* En realidad todo el disco habla, de una manera o de otra, sobre la guerra de Vietnam. Estas letras no tienen nada que ver con los mítines de Bob Dylan *and company,* son más sutiles, más oscuras. Así es la música de Black Sabbath y así es también nuestra música y la de otros tantos. No despreciamos el optimismo tan *naive* de los sesenta, *okay?* Pero claro, siempre hay maneras distintas de entender y hacer las cosas.



»Además, Dios me dio esta voz y no podría cantar *Hey Jude* porque la gente saldría llorando. Tú tampoco podrás dar conferencias, ¿verdad? Siempre hay que tener estas cosas presentes, nuestras limitaciones, *you know.* Y se ha escrito poca música alegre para contraltos. Por algo será».

—Es bastante relativo lo de la propiedad, ¿no cree? El coche está a nombre de Aurelio y la casa no será nuestra hasta dentro de veinticinco años. Como si alguien pudiera asegurarme que voy a seguir viva para entonces.

—Es muy probable.

—No crea. Ahora los científicos dicen que llegar a los cuarenta es de lo más sencillo. Hagas lo que hagas. Biológicamente tenemos esas cuatro décadas aseguradas. Pero el resto del tiempo es una especie de prórroga, ¿sabe? El tiempo de descuento. Y ahí la cosa se complica.

—La veo... pesimista.

—Ya... Verá, los que sufrimos alguna enfermedad crónica solemos tener más problemas con los años de regalo.

—Entiendo.

—No tiene por qué. En realidad no le había explicado nada. Tengo el hígado tocado, ¿sabe? También se supone que soy muy joven para eso, pero... ya ve, así están las cosas.

108

Si hubiese muerto en el hospital, le explicaron pacientemente los enfermeros, no sería necesaria, pero siendo tan joven y sin una causa de muerte clara, no tenían más remedio, así lo exigía el reglamento. Quiso preguntar si la abrirían entera, como en las novelas de la Cornwell, desde el pecho hasta la parte alta del pubis, en línea recta, como si las grapas marcasen el recorrido de unos labios. Luego la incinerarían. Todos los costes por cuenta del Estado, porque eso de las fosas comunes ha pasado a la historia. Si ningún familiar se adelantaba, ellos podrían hacerse cargo de las cenizas. Julia y él, que gracias a una firma estaban juntos en ello: en el bisturí, en la fijación por los sándwiches de mortadela que comen los forenses y los comentarios jocosos que intercambian mientras diseccionan amantes muertas.

Aquella imagen también debía de atormentar a Julia, porque ahora formaban parte de la misma espiral. Cuando Aurelio despertaba llorando por las noches, ella, que dormía muy pendiente de cada movimiento en la habitación contigua, indistintamente preparaba té o abría las piernas, o dejaba que él acariciara su torso desnudo, fantaseando con las dimensiones exactas del corte quirúrgico.

En una de aquellas noches, Aurelio le habló de la matanza del cerdo en su pueblo, de cómo lo abrían en canal y luego exponían las vísceras en la plaza mayor. De niño, una vez, metió la mano en el tórax del animal y sintió la suavidad viscosa, caliente, de los órganos internos, los que aún no habían sido expoliados. ¿Te imaginas cómo sería tocar tu propio corazón? Aquellas historias hacían llorar a Julia pero él proseguía durante horas, hasta que se quedaba dormida pensando en cualquier cosa, que igual Aurelio necesitaba ayuda, que al final no había sido tan gloriosa la victoria, que tal vez un gato o un perro, volver a escuchar música, un especialista.



A veces ella tampoco podía evitar la imagen y tenía pesadillas con psicópatas que la perseguían para abrirle las entrañas, cuchillo jamonero en mano. En el peor de los casos, el asesino era asesina, una niña desnuda con los labios cosidos y el cuerpo lleno de cicatrices.

—Hígado.

—Sí. Ya sabe, el órgano que le arrancan a diario a Prometeo.

—Es grave.

—Bueno. Ya le digo, seguramente no viviré ochenta años. Tampoco es una tragedia, pero sí que te hace ver las cosas de otra manera. Creo que me he vuelto más acelerada desde que me diagnosticaron. Como si quisiera exprimir cada segundo. Aunque en lo fundamental es como si no hubiera aprendido nada. Ahí sigo, desperdiciando el tiempo en una maldita empresa de cementos. Pues porque de algo hay que vivir, ya sabe. No todos tenemos su suerte. Que trabaja con lo que más le gusta en el mundo.

—No crea. Academia... igual que cementos.

—No sabe lo que dice. El ruido es insoportable. Y luego hay una especie de polvillo muy fino en el aire, que das una vuelta por las instalaciones exteriores y vuelves a la oficina bañada en gris.

—Vaya.

—Sí. Es desagradable.



Yo nunca pensé en Aurelio. Como ya apuntaba al incorporarlo en la trama, es responsabilidad exclusiva de Julia. Necesitaba, supongo, fustigarse de alguna manera, porque así la creé, una española del montón atrapada en el universo de la queja. Sin embargo, poco a poco, mi interés por Aurelio ha ido creciendo hasta igualar en importancia al de Julia, mi primera intuición: la muchacha de senos puntiagudos que nació en un irlandés cercano a Atocha. Se me acumulan personajes con los que nunca había soñado, porque estoy inmersa en un proceso de muñecas rusas: dejo que Julia se invente a Aurelio y este, a su vez, rápidamente construye un mundo de relaciones a su alrededor. Lo mismo ocurre con Dylan. Si no pusiera freno, acabaría redactando un listín telefónico. Millones de personajes ilegítimos que nacen como peones en torno al rey y la reina. Se rebelan con facilidad porque tengo un cerebro anárquico, un desorden existencial, como una habitación pequeña infestada de gatos en la cabeza. Se suben al ordenador, arrojan los folios al suelo, se orinan sobre la alfombra. Un desastroso caos.

Decido tomar las riendas de Aurelio, como acto de enmienda. Me pregunto quién es, hago un cuadro cronológico. Era niño en el 77; sin duda, el *do it yourself* le parece hoy una especie de broma pesada porque creció pensando que cualquiera podría ser estrella del rock.

—¿Se ha fijado? La carta de cervezas es interminable. ¡Hay birra japonesa! ¿Le apetece que probemos?

—Quiero alemana. Paulaner.

—Está bien. Yo me voy a atrever con una Asahi negra. ¿No le entran ganas de viajar mirando esta carta? La verdad es que es tan sencillo hoy en día...

—Y caro.

—Pero en este instante podríamos estar en una playa mexicana. ¡Imagínese! Bañándonos con delfines, o tomando un cóctel en tumbona, entre dos palmeras.

—Yo... bien aquí. Con usted.

—Pero... Hay tantas posibilidades... Quién sabe si alguna vez hemos vivido la mejor de las opciones, en esa gran lista de alternativas hipotéticas... ¡Ay!... Se me traba la lengua... ¿Me entiende?

—No.

—¿Nunca lo ha pensado? Si las cosas hubieran sido sensiblemente distintas, ¿dónde podría estar ahora? Le doy vueltas constantemente.

La primera guitarra de Aurelio fue una clásica muy machacada que su padre había llevado a los guateques de su infancia. Recordaba un par de canciones, *Viva la gente* y *El submarino amarillo*. Durante unos meses trató de aprender los acordes básicos por su cuenta. Entre los chicos del instituto se intercambiaban manuales de aprendizaje y tablaturas de los Beatles.

El proceso duraba alrededor de un año, lo había visto varias veces. Los recién licenciados podían seguir el ritmo de una primera guitarra, armonizar melodías de tres o cuatro acordes. Colgaban carteles en el corcho de la Facultad y ya nadie hablaba de las lecciones magistrales de *Hey Jude*. Había que definirse. «Guitarrista y cantante busca batería muy potente para grupo de *hard rock*», «Los Skoria han perdido a su guitarra rítmica. Si te gustan Eskorbuto, RIP y Parálisis Permanente, pásate por la okupa de Asunción».

Cuando sus compañeros de aprendizaje llegaron a este punto, Aurelio había descubierto que nunca sería un buen guitarrista; y, en un intento por desmarcarse de la mediocridad, decidió agenciarse un bajo, como el de Paul Simonon; aquel fue el único bajista memorable que le vino a la mente cuando compraba el instrumento.



Los tres años siguientes, en que formó parte de Tu Puta Jeta, se resumen en un *sprint* porque así fueron, trepidantes, absurdos y ruidosos. A finales de los ochenta hicieron algo parecido a una gira por los *gaztetxes* y fiestas patronales del País Vasco que terminó en Elantxobe, veinte mil personas en dos metros cuadrados, bebiendo pacharán con el agua por la cintura. Se acabó la fiesta a eso de las cinco de la mañana cuando el encargado de las luces se arrojó de cabeza al puerto y no pudo salir nadando. El sujeto, paralítico desde entonces, se declara fan de Su Ta Gar, conmovido por la similitud de su historia y la de Borxa, el primer batería del grupo. Gestiona el club de fans y durante un tiempo se le consideró algo así como el fotógrafo oficial del movimiento Rock Radical Vasco.

El de su accidente fue el último verano de Tu Puta Jeta y hacía tiempo que Aurelio no se paraba a pensar en ello. Utiliza sus recuerdos a modo de pretexto. Quiere convencer a Julia de que, en vez de un buen psiquiatra, lo que necesita es retomar un instrumento que lleva años abandonado en el trastero.

—Enumere. Sus alternativas.

—¿Cómo dice?

—Usted. Podría estar... ahora...

—¡Ah! Mis alternativas, ya entiendo. Pues supongo que son infinitas.

—A su alcance.



—¿Cómo? ¿Las posibles?

—Sí.

—Bueno, pues la más obvia: si hubiera encontrado a Aurelio en este bar, ahora estaría con él. Cenando en el Saratari, supongo. Es un restaurante del barrio en el que se puede fumar hierba en pipas enormes.

—Y la... remota.

—Eso es más difícil. Déjeme pensar... Bueno... Pues... ¿Sabe? Perfectamente podría haberlo sorprendido con Claudia, que fueran amantes, ¿vale? Y entonces volver a casa, pedir un taxi al aeropuerto y elegir un destino en el panel de salidas. Cualquier destino. Rusia, el Caribe, Vietnam. ¿Qué le parece?

—Improbable.

—¿Ah, sí? Ya veo que tiene usted más confianza en mi novio que yo misma. Se nota que no lo conoce.

Tras el incendio de la okupación de Vallecas, Aurelio perdió casi por completo el contacto con los compañeros de aquella época. Supo, años después, del éxito de Pabellón 40, aquel grupo que bajo un nombre más intempestivo tocaba la noche que conoció a la princesa. Asimismo, durante unos meses, recorrió garitos madrileños junto a Víctor Sierra, el último de los testigos del derribo, que, tras la disolución de aquel breve intento musical, protagonizó una de esas desapariciones sin misterio, se esfumó sin que nadie sintiera la necesidad de llamar a la policía o a los hospitales.

El Sierra podría estar hoy tocando en el metro, liderando una banda de *skinheads* o sentado en la barra del Muga, por eso de que los prófugos siempre vuelven a casa. Lo verdaderamente imposible sería imaginarlo sin su guitarra. De alguna manera, conseguía que nunca se desprendiera de su cuerpo, al igual que el cigarrillo adherido al labio inferior y la ceniza acumulándose en el borde, haciendo malabarismos contra toda lógica gravitatoria. Era impresionante lo de sus colillas; solo he visto algo similar en el actual guitarrista de Extremoduro, el maestro Uoho. Debe de ser manía de músicos.



Al margen de otras muchas cosas, el Sierra era verdaderamente un músico. Cuando Aurelio le propuso formar un grupo él estaba atravesando una fase claramente influenciada por el *reggae*. Aurelio hubiese preferido algo más rápido, como el *ska* de los Madness, pero el entusiasmo de Sierra era contagioso y aquella tarde crearon Asamblea Nacional con el lentísimo bajo de Aurelio y la versatilidad de Sierra, casi un hombre orquesta. Por la noche Julia lo encontró recuperado y salieron a celebrarlo. Aquella fue la primera vez que se emborracharon juntos. Tuvieron que tomar un taxi de regreso a casa y vomitaron por la ventanilla, de manera que el conductor los echó a mitad de camino. Amanecieron en un banco del metro.

Durante aquellos meses hubo varios despertares extravagantes. En las casetas de los columpios para niños, en la entrada de un supermercado, cajeros automáticos, varios portales, los baños del Muga. Pero nunca los asaltaron.

Por lo demás, el sistema era más bien sencillo. Tocaban un par de horas y bebían gratis hasta que el local echaba la persiana. Si alguna vez les pagaron en metálico, cosa que dudo, el dinero acabó de nuevo al otro lado de la barra. Para Julia las copas también eran gratis. No solo formaba parte del grupo sino que en muchas ocasiones lo lideraba tácitamente desde las primeras filas, junto al escenario. Demasiadas veces era la única que los escuchaba, pero eso al Sierra nunca pareció importarle. Adquiría toques místicos envuelto en humo y cantaba cosas como «quisiera olvidarte rodeada de vidrio y basura, el fondo del vaso es mi esperanza más pura», o tal vez repetía un estribillo compuesto de pocas palabras: «Alcohol, gelatina, Felipe González, alcohol, gelatina...». Y todo aquello adquiría matices esotéricos en la atmósfera que creaba sobre el escenario.



Tras la sombra de su enorme silueta se escondía Aurelio, silencioso con sus cuatro cuerdas y solemne porque se había tomado muy en serio el carácter terapéutico de las sesiones. Podía ocurrir que el concierto lo dejara exhausto y se bebiera cinco o seis horas de barra libre acostado sobre Julia, sin moverse. Muchas veces, nada más guardar el bajo, cuando el Sierra cargaba los amplificadores en el coche y el bar de turno volvía a la calma del hilo musical y su cuerpo se quedaba sin adrenalina y predecía la mañana siguiente, en aquellas ocasiones aún no estaba borracho pero lloraba con cierto dramatismo, como si todavía estuviese en el escenario y una decena de parroquianos aburridos presenciara su ataque de desesperación.

Se acordaba entonces de aquel pobre imbécil de los cincuenta que, incapaz de hacer buena música, logró convertirse en un fenómeno de masas gracias a su lágrima fácil en escena. Al parecer resultaba fascinante ver a un hombre rebajarse de tal manera, era el colmo del impudor, sin duda más impactante que el porno en directo o una escena del *grand guignol.* Nunca logra recordar el nombre del tipo. Julia tampoco.

En cierta ocasión, a modo ilustrativo, un grupo de mujeres quiere felicitarlos por el concierto y Aurelio enseguida inicia la conversación formulando esa misma pregunta, quién era aquel tipo, el rey de la lágrima fácil.



Julia se acerca a la barra y charla con el camarero. Ha aprendido a tratarlos con familiaridad, como si hubiera una figura universal del barman y en todos los bares, a todas las horas, siempre la atendiera el mismo.

—Más improbable que... escapar. De España.

—¡Uy! ¡Por supuesto! De hecho, a cada trago me seduce más la idea. Será que esta cerveza japonesa es de alto nivel.

—Vayámonos.

—¿Del bar? ¿Por qué? ¿Qué pasa?

—A donde usted... quiera.

—¡Ah! ¡De viaje! Claro, ¿por qué no va llamando a un taxi?

—Le hace... gracia.

—Quiere decir que sería posible, ¿verdad? ¿A usted le espera alguien?

—Creo.

—A mí también. Alguien, una casa y un coche, como usted dijo. Ahí está el problema. ¿Entiende? Cuantas más cosas acumulas, más difícil es marcharse. Ya no podría hacerlo.

—Depende. Conozco un buen local... de jazz. Aquí cerca.

—¡Ah! ¡Cállese! Sabía que me estaba tomando el pelo.

El 9 de diciembre de aquel año Miguel y Dylan volvieron a alquilar trajes de levita y condujeron hasta que el clima se volvió lluvioso y los carteles de tráfico bilingües. Cuando Emilia vivía, solían veranear en la costa. Desde su muerte, aquella era la primera vez que volvían a ver el mar. Almorzaron en silencio frente a La Concha. Había olas que a Dylan le parecieron monstruosas alzándose contra los peatones que caminaban por el paseo marítimo. Fue una impresión un tanto lúgubre la de aquella visita a la playa.



A mediodía se reunió con Tania en un aula del auditorio municipal. Iba, como siempre, vestida de luto, aunque en esta ocasión todas sus prendas estaban bien cosidas, no había imperdibles ni rotos en las medias y llevaba el cabello lacio, recogido tras las orejas. Dylan pensó que estaba muy guapa y así se lo dijo. «Ha muerto John Lennon», contestó ella. «¿Sabes tocar alguna de sus canciones?». Dylan asintió y se acercó al piano. «Este año, cuando murió Bon Scott, hicimos un concierto en su memoria. Reunimos a un millar de personas. Es el mayor auditorio que he tenido hasta ahora. ¿Crees que habrá mucha gente ahí fuera?».

Comenzó el intro de *Jealous guy* y Tania se acercó solemnemente al piano. No había dormido en toda la noche pero su voz sonaba nítida, llena de fuerza. Cuando Dylan agotó el último de los acordes del tema, se volvió hacia ella y vio que estaba llorando. «Es triste la historia», quiso preguntar Dylan en referencia a la letra de la canción, pero Tania contestó que, por una vez, no había ninguna historia.

«Mi padre adoraba a John Lennon. No le habría gustado saber que murió desangrado en los *States*». Dylan se quedó pensativo y sintió la necesidad de agregar su propia sentencia. «Mi padre odia... Beatles», dijo. Ella se encogió de hombros y prosiguió con sus vocalizaciones. Pronto saldrían a escena y ganarían el concurso. Adelanto esto porque a veces las evidencias tienden a trastocar el orden natural de los acontecimientos.



Por el momento, Dylan era incapaz de soportar la espera y quiso que Tania le contara la historia de alguna canción, para tranquilizarlo. Con su acento extranjero, le resultaba de lo más misteriosa la narración de aquellas historias musicales. Comenzó el relato de un pianista que toca algo de jazz en un pub de bebedores melancólicos. Se sucedían los personajes, un anciano solitario, un barman que sueña con Hollywood, la camarera que declama eslóganes políticos y el veterano de guerra. Todos quisieran estar en algún otro lugar, pero todos beben juntos, codo con codo, tratando de matar las horas de espera con la ayuda de un piano.

SEIS

## Hacia la globalización verbal: Propuestas lingüísticas para todos los gustos



Por Antonio Rejas (Catedrático de Filosofía en la Universidad de Biarritz y autor de los ensayos *Verdades sobre Gaultier, Galería de monstruos* y *Cuentos de Kripke para Estelle*)

> *Aunque esta lengua depende de la verdadera filosofía, no depende de su perfección. Es decir, esta lengua puede ser establecida aunque la filosofía no sea perfecta, y a medida que la ciencia de los hombres crezca esta lengua crecerá también; mientras tanto ella será un auxilio maravilloso para servirse de lo que nosotros sabemos, para ver aquello que nos falta y para inventar los medios de llegar a ello, pero sobre todo para eliminar las controversias en las materias que dependen del razonamiento. Pues entonces razonar y calcular será la misma cosa.*
>
> *Gottfried* LEIBNIZ

*Desde que Descartes y Leibniz auguraran la llegada de un idioma universal, el mundo ha visto morir alrededor de cuatro mil lenguas en sus cinco continentes. Según el World-*

watch Institute, para finales de siglo, entre el 50% y el 90% de los idiomas existentes podrían desaparecer. Si bien es sabido que, desde el principio de los tiempos, las lenguas nacen y mueren, su extinción nunca había experimentado la velocidad que alcanza en la actualidad. Nos enfrentamos a datos catastróficos y no parece haber presupuesto público, apego sentimental ni conciencia social o política lo suficientemente contundente como para frenar la estruendosa pérdida del acervo cultural que supone esta diversidad lingüística.

Sin embargo, en los cuatrocientos años que nos separan de los ingenuos promotores del esperanto también han surgido decenas de nuevos idiomas, auxiliares, planificados, con aspiraciones filosóficas, internacionalistas o megalómanas. El más reciente aunque no el más absurdo proyecto —por mucho que prometa ingresar en el ranquin de excentricidades lingüísticas— lo lideran dos hinchas de fútbol, el uno argentino, el otro inglés, que han creado el socceranto en respuesta a la diversidad de idiomas oficiales que se contraponen en los campeonatos futbolísticos y cuya inspiración gramatical proviene de términos y renombradas figuras del deporte más internacional del mundo. Por poner un ejemplo, en este peculiar idioma la palabra «caniggia» significa 'expulsión' y el término viene derivado del jugador argentino Claudio Caniggia, quien formó parte de la selección argentina en el Mundial de Corea y Japón y fue expulsado del encuentro contra Suecia estando en el banco de suplentes.

La gramática del solresol fue recogida por Boleslas Gajewski en 1902 y, además de liderar el ranquin de propuestas hilarantes, considero que, junto al esperanto del doctor Zamenhof, se trata del proyecto de idioma planificado más interesante que ha llegado hasta nosotros. Como su *nombre indica, el solresol se estructura a partir de las siete notas musicales y todo su vocabulario parte de la combinación de estas sílabas, que también pueden ser representadas mediante números, sobre un pentagrama de tres líneas, o en símbolos de escasa dificultad.*

*Por defender la accesibilidad del idioma, en su* Grammaire du solresol *Gajewski hace hincapié en que no se necesitan conocimientos musicales para dominarlo, eliminando así la única característica que podía privilegiarlo ante futuros proyectos de mayor viabilidad. No hay ninguna indicación del autor que permita concebir el solresol como un sistema comunicativo completo y musical, pero tal vez —y por ello mi interés en este ingenuo lenguaje en el que* «solsolredo» *significa 'migraña'— Gajewski fue el primero en adentrarse en un fenómeno comunicativo que podría estar a punto de explotar.*



*Hasta ahora, dentro de los lenguajes no verbales, hemos experimentado el predominio del más antiguo sistema de comunicación auxiliar de la historia, y es que los amerindios de la región de las Grandes Llanuras de Norteamérica ya utilizaban un código de señas para hacerse entender entre etnias que hablaban lenguas muy diferentes. Actualmente, el lenguaje de signos cuenta con varios millones de hablantes en todo el mundo y ha logrado prosperar al convertirse en el mecanismo comunicativo de las personas con deficiencias auditivas.*

*El ideal esperantista no tiene cabida en este idioma con un enfoque claramente utilitario. Un sordo inglés no podría entenderse con un español. No hay un fin internacionalista. Muy a pesar de Zamenhof, a pesar también de la globalización, las sociedades tienden a fragmentarse, buscan nuevas señas que las distingan. Desde la variedad de jergas entre adolescentes hasta las diferencias dialectales que aparecen entre comunidades de hablantes, cada uno de esos rasgos diferenciales se acercan a la esencia de las lenguas, que entrañan una identidad, una cultura y un pasado.*

*Ahora bien, regresando a mi inquietud por el trabalenguas musical de Gajewski y reconociendo la paradoja que he venido retratando, en la que idiomas ancestrales caen en el olvido mientras lo artificial arremete contra el campo de la lingüística, abriré un paréntesis para la reflexión. En esta vorágine de alternativas comunicativas, ¿a qué puesto ha quedado relegado un código tan completo como el musical? Al igual que ciertos conceptos se articulan mejor en un idioma que en otro, en alemán que en ruso, en inglés que en español, también la música se vuelve especialmente indicada para recrear contextos emocionales que ningún discurso verbal podría evocar con la misma precisión.*



*Partiendo de esta premisa, así como del estrecho vínculo que existe entre esta disciplina y las matemáticas, fantaseo con la posibilidad de emular un sistema de comunicación articulado y autónomo mediante cláusulas musicales en las que no solo las notas transmitan información, sino que el tono, la armonía, el registro y demás recursos aleatorios puedan completar el código, convirtiéndolo en el sistema no verbal inventado de mayor precisión.*

*En todo caso, cualquiera que esté al tanto de mis escasos conocimientos musicales sabrá que no estoy sino bromeando. Al parecer, más allá del idioma de nuestros ancestros, hoy en día todos reclamamos nuevos lenguajes que nos distingan de la masa que amenaza con homogeneizar el mundo, aunque como esto del individualismo nunca se nos ha dado muy bien, nos unimos a un colectivo que secunde nuestros hallazgos comunicativos.*

*Uno descubre, con cierta tristeza, que los músicos no tienen sindicato ni cohesión, y apenas jerga. Y por mucho que apelemos a lo original, bien es sabido que ha de imperar la igualdad por encima de todo y, para mejor entendimiento, en inglés.*

Miguel arrastraba desde niño la creencia de que ciertas complicaciones de la vida solo adquieren tal estatus cuando se les presta una atención desmedida. Así, cuando un problema que podía soterrarse amenazaba con salir a la luz, lo mejor era ignorarlo.



Como las enfermedades crónicas que se manifiestan con leves brotes a modo de aviso, la rebeldía de Dylan hacia su propia condición se había insinuado por primera vez en aquellos episodios de mutismo voluntario que quedaron zanjados sin que ninguno de los dos, ni su padre ni él, volviera a pronunciarse al respecto. Miguel se obcecaba en creer que aquel incidente tan extraño había sido poco más que un juego de niños, pero en el fondo siempre tuvo la certeza de que llegarían nuevos brotes de inconformismo.

En efecto, había una inquietud que Dylan llevaba años arrastrando, desde el instante en el que sus limitaciones dejaron de ser un patrón memorizado como el propio nombre, la dirección, el color de los ojos, evidencias que no se cuestionan. Había una revolución pendiente, contra su enfermedad y contra las imposiciones sociales, el *verbocentrismo* imperante que, según pensaba, incrementaba su aislamiento.

El detonante, además de los dieciséis años de Dylan, llegó en noviembre con la revista *Espiral,* cuyos números, tras una suscripción de varios años, se acumulaban en las baldas bajas de la estantería e integraban lo más parecido a una enciclopedia que había en la casa.

Llegaban a principios de mes. Durante años había sucedido así y era todo un ritual, como la mayoría de los instantes que compartían. Primero llegaba un sobre al buzón, y dentro del sobre había siempre un papelito amarillo que tenían que llevar a la oficina de correos, alrededor de cinco manzanas más allá del parque. De regreso, y solo en primavera o verano, paraban frente al quiosco de helados y atravesaban la avenida, cucurucho en mano, esquivando las palomas que siempre parecían abalanzarse directamente contra ellos. Luego se sentaban en el sofá, Miguel hacía sonar algún disco de Bob Dylan y en lo que avanzaban las pistas ojeaban las novedades musicales del mes.



Sin duda sería erróneo catalogar aquella publicación como una revista de música; aunque las reseñas discográficas aparecieran entrelazadas con crónicas políticas y de actualidad, tampoco se trataba de un suplemento de variedades. Era un desordenado batiburrillo de inquietudes que reunía escritos de historiadores, críticos musicales, filósofos y opinólogos en un formato caótico que se respaldaba en la temática musical para poder clasificarse de algún modo. Sin índice por materias, Dylan encontró el ensayo de Antonio Rejas perdido entre las páginas centrales, de un papel tan fino que costaba despegarlas. Hicieron una primera lectura su padre y él juntos.

Aquella noche, cuando la revista había dejado de ser el centro de atención, recortó los pliegos y los escondió bajo la cama, en una caja de cartón en la que guardaba sus ahorros, una foto de Emilia y el *single* de Iron Maiden *Sanctuary* con la portada sin censurar, esa en la que Margaret Thatcher se veía atacada a hachazos en un callejón londinense. Sus dedos crispados habían tratado de rasgar un panfleto de los Maiden.

—Habría fugado. Con... alguien que... no tutea.

—Tiene razón; vaya, ni siquiera me había dado cuenta, es la costumbre. ¿Debería hacerlo? ¿Quiere que lo tutee?

—No he dicho... eso.

—Está bien. Lo seguiré tratando como si fuera el profesor. Oiga, ¿y usted? ¿Se vendría conmigo a Kuala Lumpur sin alterar el tratamiento?



—Kuala Lumpur.

—Sí, bueno, ya sabe, por decir algo... La verdad es que vi un documental hace poco. Creo que hay figuras gigantes de piedra. Y mucho verde.

—Tal vez. Primero... busque. En mapa.

Con el primer aniversario de Asamblea Nacional, Julia dejó de acompañar a Aurelio en sus salidas nocturnas. Se encontraba débil. Hacía tiempo que las náuseas matinales no eran culpa de la resaca y cuando el retraso menstrual sobrepasó las dos semanas comenzó a considerar la hinchazón en el abdomen síntoma de algo muy concreto.

Estuvo un par de días sentada en la cama, pensando. Seguramente, era demasiado joven para aquello. Imaginó la cara de su madre. Se vio a sí misma, con todo lujo de detalles, en un espectáculo teatral improvisado en su mente: las escenas iban a cámara lenta y podía detenerse a evaluar el jersey verde con el que anunciaba la noticia. En todos los simulacros aparecían las mismas reticencias, en boca de sus familiares, sus amigos, dichas por el catedrático Cardona, que aunque no había logrado acostarse con ella seguía siendo muy atento y seguramente opinaría cuando la barriga comenzara a chocar contra el escritorio.

Todos decían lo mismo. No era el momento adecuado; Aurelio no era adecuado. No hay que olvidar que aquellas escenas eran ficticias, diseñadas por su inconsciente, y, por lo tanto, las reticencias no las albergaba su madre o un desconocido profesor, sino ella misma. Igual seguía sentada sobre la cama, acariciándose el vientre, pensando en Aurelio, dejando que la libre relación de pensamientos la llevara a un paritorio y de allí a un corte en el vientre: Aurelio contemplando la cicatriz sin poder evitar pensar en la otra mujer, que murió en aquella cama y no tenía cicatrices.



Imaginaba al niño vivo, se preguntaba si lo aceptaría Aurelio, si sus pechos quedarían muy deteriorados; y de repente cayó en la cuenta de que aún no había embarazo, no había pruebas médicas, datos concluyentes, un informe irrebatible con el que encararse a Aurelio y tal vez lograr que se olvidara de la muerta, que tirara el bajo a la basura.

Pidió cita con el médico y aquella noche, para festejar que tal vez se trataba de la última de *aquellas* noches, bebió gratis en el pub-teatro Tchaikovski, sin duda el lugar más decadente que habían pisado hasta entonces. El segundo whisky hizo que vomitara en el suelo y un par de mozos se acercaron con baldes de serrín a cubrir el desperfecto.

Regresó a casa antes de que la actuación finalizara. No presenció, por lo tanto, el último concierto del Sierra, la disolución de Asamblea Nacional ni el comienzo de la transformación de Aurelio hacia el hombre de manos sudorosas, fumar compulsivo y uniforme que hoy tanto le desagrada.

—Tiene razón. No tengo ni idea de dónde está Kuala Lumpur, aunque espero que no me lo tome en cuenta. Mejor empezar por un sitio más cercano, ¿verdad? ¿Qué tal París?

—Johnny Cash...

—¿Cómo dice?

—No. Nada de París.

—Ya..., es para recién casados. Pero... ¿qué había murmurado?

—Nada. Estoy de acuerdo. París lleno... novios.

—¿Ah, sí?

—Usted dijo.

—¡Ah! Ya entiendo. Estuvo en París de luna de miel, ¿no es así?

—No.

—Vaya. Me había parecido. Es tan típico... Mis padres lo hicieron.

—Los míos. También.



Recuerda varias mujeres embarazadas en la sala del médico y una música de piano relajante. Había escuchado que en los paritorios comenzaban a poner música clásica para facilitar los nacimientos. Era probable que Aurelio ganara la batalla ahora que cada vez había más lugares libres de silencio, pero muy solemnemente juró que no sometería a su hijo a ninguna terapia musical de moda. Le parecía tan condicionante y arbitrario como taladrar las orejas de los bebés, tanto como predefinir sus ideales políticos o religiosos cuando no tienen uso de razón.

Antes de que llegara su turno, la enfermera hizo pasar a una adolescente que llevaba media hora retorciéndose los nudillos en la esquina del *hall*. Fue una visita breve y Julia alcanzó a verla llorando antes de escapar de la consulta. Entendió la situación y pensó que, al menos, no era tan joven como ella.

El médico la recibió con el resultado de los análisis sobre la mesa. «No sabía que fuera usted tan joven», dijo con disgusto, y resopló varias veces antes de tomar el informe entre sus manos. «Tengo la misma edad que mi madre cuando se embarazó de mí». Él la miró con curiosidad y jugueteó con un péndulo decorativo de propaganda farmacéutica. Había también libretas de antibióticos, un cubo lleno de aceites de color y fotos de la familia en un marco enorme de Bayer. «Entiendo. Usted piensa que está embarazada».



Hubo en esa especie de pregunta sin entonación, tal vez irónica, pero sin la menor duda desconcertante, algo que años después, charlando con Dylan, no podría evitar recordar. «Entiendo, entiendo. Ha tenido náuseas, mareos, hinchazón, baja presión arterial». «Así es», contestó Julia, que luchaba por entender lo que parecía un cambio en sus planes. «Señorita, no está embarazada. Lo que tiene son las transaminasas por los cielos. Tendrá que pedir cita para una biopsia hepática».

Sin duda, Julia solo fue capaz de descifrar la primera parte del mensaje, y después de tantas cavilaciones, de tanto simulacro mental, no fue capaz de distinguir si era alivio o frustración lo que sentía con la noticia. No estaba embarazada, y ¿qué narices eran las transaminasas? El doctor se hizo cargo de su desconcierto y fue completando los agujeros. «¿Consume alcohol demasiado frecuentemente?». Los dedos de Julia comenzaron a moverse nerviosos, como los de la adolescente que aguardaba su veredicto en la sala de espera.

Ahora, cuando recuerda esta escena ve claramente que la manera en la que aquel doctor formulaba sus preguntas debe de guardar alguna relación con Dylan. Había algo desapasionado en su voz y aún no entendía del todo cuando le entraron ganas de llorar por aquella falta de expresión. «Ya veo que no me entiende. Sufre un fallo hepático».

Si su cerebro hubiese funcionado en ese momento con la misma rapidez con la que llevaba haciéndolo unos días, sin duda habría recordado al tío Julio, que murió de cirrosis, e imaginado, por equivalencia, un destino similar al suyo. Con la misma nitidez con la que había contemplado su jersey verde, el niño no engendrado o los reproches de su madre, habría podido elegir el ataúd y el epitafio. Habría imaginado el dolor de sus familiares, y con mayor interés aún las lágrimas de antiguos conocidos cuya afectación parecía inusual. Allí estaría Esteban Cuenca, su gran amor de adolescencia, pidiendo perdón por haberla abandonado una vez, a los quince años, por la cantante de un grupo de rock alternativo.



En fin, toda esa morbosa autocompasión habría encandilado a Julia de no haber estado completamente obcecada en un pensamiento concreto que se refería a Aurelio. A medida que iba entendiendo se hacía más y más fuerte y, desde que el médico le aclaró que aquello no la mataría, se convirtió, simplemente, en una obsesión.

Por muy engañada que se creyera, a pesar del embarazo que se había vuelto enfermedad crónica, salió de la consulta con un sentimiento similar al triunfalismo. Acababa de entender que siempre podría culpar a Aurelio de aquello que sin ser mortal era bastante grave y condicionaría el resto de su vida. Era un as en la manga, una baza en su poder; para ella que siempre planeaba el futuro como en una partida de Risk.

—¿Le ocurre algo? De pronto está muy serio, como si no le estuviera gustando su enorme cerveza de trigo.

—No... Está deliciosa.

—¿Entonces?

—Bueno. Francia.

—¿Cómo? ¡Ah! Bien, ríase, ríase, hombre, que está usted desvariando, me parece.

—Recordé. Un funeral.

—Vaya, ¡y me lo dice así, entre risas!

—Cierto. Alcohol...



—Sí, ocurren estas cosas. Lo siento, en cualquier caso. ¿Alguien cercano?

—Un viejo amigo. Años que... no lo veía.

—Qué mal... ¿Era mayor?

—Sí. La hija... muy afectada.

—Claro, claro. Es lógico.

Aunque Dylan nunca experimentó demasiadas dificultades para la lectura —sí seguía conservando algún síntoma de agrafia—, tenía serios problemas con el contenido implícito de los discursos, ya fueran escritos o hablados, y simplemente se mostraba incapaz de captar la ironía o las segundas intenciones del emisor. Por eso leyó y releyó el artículo de Rejas y se acercó a preguntarle a su padre si era cierto aquello de que los músicos no se afilian a sindicatos.

Luego se sentó frente al piano y, sin ser consciente de que el breve ensayo que servía de inspiración a su iniciativa era en realidad una burla, comenzó a trabajar en aquel nuevo código musical que acabaría para siempre con su mala relación con las palabras. Cautivado por la idea del lenguaje emocional de los sonidos, lo primero que hizo fue establecer una tabla de equivalencias que asignaba a cada tonalidad y modo un diferente estado de ánimo.

Hasta que sufrió el accidente, Dylan era capaz de captar las típicas emociones que un niño de cinco años experimenta y localiza en los demás. Si alguien sonreía interpretaba que estaba feliz. Hay mil clases de sonrisas, también hay carcajadas que nada tienen que ver con la felicidad, pero aquello tuvo que aprenderlo más tarde. El trauma cerebral había paralizado esa capacidad telepática que compartimos los seres humanos, la habilidad de ponerle nombre a un sentimiento y saber intuirlo en los demás. Por eso, durante los años en los que acudió a terapia, Clara y él fueron construyendo, sobre una pequeña agenda, el diccionario de sentimientos que aún hoy, muy de vez en cuando, Dylan sigue completando. En las primeras cuartillas aparecen descripciones rudimentarias para emociones tales como la nostalgia o la melancolía: «Cuando recuerdo a Emilia», «Miguel y yo muy callados y Bob Dylan», «Chopin».



Con la ayuda de aquel peculiar diario comenzó a trabajar frente al teclado. Precisamente, a la melancolía le fue asignado un do sostenido menor muy chopiniano, por esa anotación con letra infantil y vocales truncadas que redescubrió en aquellas páginas. Pero pronto comprendió que sin detalles más concretos de la armonía y el ritmo, las indicaciones nunca podrían ser correctas. Le había parecido que la obra pianística de Beethoven estaba cargada de ira y decidió bautizar esta emoción en re menor, como la *Sonata número 17*, aunque pronto recordó que en re menor se había escrito el *Réquiem* de Mozart y era, por lo tanto, tremendamente inadecuado relacionar la ira con el rigor funerario.

Intuyó que aquella tarea acabaría volviéndole loco y que había dos opciones, abandonar el proyecto o pedir ayuda.

Decidió visitar a Clara y juntos escribieron «Estimado profesor Rejas» en un folio en blanco. Antes de continuar, ella quiso saber si cuando su idioma musical estuviera completo no volvería a cantar canciones con letra, ni a comunicarse con su padre o con ella. No contestó porque estaba recordando, en aquel mismo estudio, la primera vez que logró articular una frase completa, sin titubeos, con nexos: era esa estrofa de Aute, «Rojo sobre negro, una rosa roja se cayó sobre el asfalto y después llovió». En diez años, todo su éxito se había concentrado en ese instante.



«No voy a mejorar más. Esto es todo». Clara le asestó un puñetazo amistoso en el hombro. «Te parecerá poco. Cuando te conocí parecías un jeroglífico de los del periódico. ¿Qué te dijo el médico, Dylan? Dolor... pierna... cama...». Comenzó a imitarlo mientras correteaba por la sala pintando las paredes y Dylan no pudo esconder una sonrisa. «No me gusta hablar», dijo dando por zanjada la cuestión, y continuó escribiendo.

Clara conectó la radio y se sentó junto a él. Le había pedido que supervisara la redacción y enmendara su mala caligrafía. Así, Dylan escribía frases en el borrador y ella las copiaba a limpio. Trasladó: «He leído con atención su artículo en *Espirales*...»; «... admiración»; «la respuesta a mis problemas»; «tarea de extrema complicación»; «mis primeros avances», etcétera. En la radio sonaron canciones de los Eagles, Lynyrd Skynyrd y Joaquín Sabina. Así se lo hizo saber Dylan al doctor Rejas. Por alguna razón, le pareció indispensable hacerle conocedor de aquellos datos referentes al contexto en el que se encontraba redactando la misiva.

Al terminar, Clara dobló con esmero el manojo de folios y lo guardaron en un sobre. Aparte de la carta, adjuntaba los tempranos resultados de su trabajo y la primera frase, a modo de prueba, que había traducido. «Espero noticias de usted» sonaba en Do mayor, cuatro compases, con una melodía muy similar a la del intro de los telediarios nacionales.

—Antes le hablé. De ella.

—¿De quién? ¿Claudia?



—No... La hija... del muerto.

—¡Ah! ¡Qué estúpida! ¡Cómo iba a estar hablando de Claudia! De verdad que no sé dónde tengo la cabeza...

—La fumadora...

—Sí, dijo que le recordaba a ella, ¿verdad?

—Así es. Diez años... sin verla.

—Vaya. Es triste cuando los funerales se vuelven reunión de viejos amigos.

—Dios... Fumaba igual que... siempre.

—¿De verdad se fijó en eso?

—Claro. Importante.

—Eso es extravagante. Aunque, bueno, es verdad que los pequeños detalles son casi inalterables, ¿verdad? Y al final es lo que más recordamos de las personas, porque nadie se molestaría en fumar de otra manera. Bueno, igual en las altas esferas, ya sabe, por eso del protocolo.

Una tarde, Aurelio llegó a casa y encontró a Julia saqueando furiosa el frigorífico, metiendo en bolsas de basura todas las provisiones, vaciando las latas de cerveza.

Hacía casi un año que vivían solos. Sandra había escapado porque desde el principio se constituyeron como una de esas parejas con las que nadie quiere pasar unas vacaciones en bungaló; mucho menos en un piso de alquiler de sesenta metros cuadrados. Aurelio había lamentado aquello, pero al ver a Julia arrojando queso de fundir por los aires, al verse a sí mismo sudoroso, recién llegado del local de ensayo, tratando de frenar la situación agitando un brazo, comprendió que aquellas escenas era mejor guardarlas para la intimidad.



Lo primero que pensó fue acercarse sigilosamente a Julia y abrazarla por la espalda. Ella era muy consciente de que la estaban observando; de hecho, aquel espectáculo iba dirigido a él. Antes de que Aurelio llegara a situarse junto a ella, se volvió enfadada y le recomendó que no se acercara más. «Julia, estás muy nerviosa...», confirmó él.

Ella había abierto las ventanas y la lluvia caía junto al rellano como si estuviese a la intemperie. Se había asegurado de tener una imagen siniestra, por eso la pintura negra de los ojos y las gotas de lluvia diseminadas por el pelo y el rostro, como si alguien se las hubiese arrojado en espray. «Me deshago de todo lo que no puedo volver a comer». «No tienes que adelgazar, estás estupenda», dijo irreflexivamente Aurelio, tal vez porque había reparado en los productos grasos del suelo, o simplemente porque aquella situación estaba especialmente diseñada para el error.

En cualquier caso, sus palabras desataron la ira de Julia, que comenzó a insultarlo mientras abandonaba los decorados de la cocina para refugiarse en el dormitorio. Aunque la puerta se había cerrado de golpe, Aurelio supo entender la invitación y entró en escena, donde todo había cambiado por completo y Julia temblaba, envuelta en mantas pese al calor. Se acercó a ella y le preguntó si quería escuchar algo de música que la tranquilizara. De no ser porque un nuevo ataque de ira quedaba fuera de lugar, le hubiese pateado la cabeza. Rechazó el ofrecimiento y esperaron pacientemente a que algo ocurriera. «Estoy enferma», dijo al fin Julia. Ante el silencio de Aurelio, se sintió obligada a completar la información. «Soy una puta borracha, ¿entiendes? Tengo la enfermedad de los alcohólicos y los yonquis...».

Rompió en llanto y Aurelio la abrazó y ambos lloraron. Nunca había sido tan sencillo adivinar los pensamientos de otra persona. Había dos adultos enlazados, con la capacidad adquirida de atribuirse pensamientos recíprocamente, pero en esta ocasión Aurelio era cristalino, poco más que un niño que niega haber comido chocolate con los labios teñidos de negro. Imposible no adivinarlo temblando, estableciendo coincidencias, atribuyéndose culpas. Porque en cierta ocasión decidió no llamar a una ambulancia.



«Todo ha sido culpa mía», dijo, y Julia no le llevó la contraria porque era aquella frase la que venía esperando desde el comienzo de la representación.

¿Eres adicto al heavy?
El estado sueco te paga 400 euros al mes
Quico Alsedo. Blog del diario *El Mundo,*
5 de octubre de 2008

*El título, por una vez, es literal. Suecia subvenciona a los «enfermos» de* heavy metal. *Efectivamente: qué* heavy.

*La noticia, sin más dilación: Roger Tullgren, de cuarenta y dos años, ha conseguido que el Estado sueco catalogue su «adicción» al* heavy *como una invalidez. Una pasión infernal que le incapacita para llevar una vida normal. Como si le faltara un brazo (o varias neuronas), vamos. Un juez de Hasslehölm, su localidad natal, ha certificado que Tullgren no puede desempeñar su trabajo sin someterse a intensivas y opíparas sesiones de* heavy *que, a veces, incluso le impiden llevar su labor a buen puerto (aunque Roger, muy suyo, puntualiza que el señorito prefiere* death metal *por las mañanas y clásicos heavys de tarde).*



*El detonante fue el último (y al parecer enésimo) despido de nuestro héroe, que no pudo evitar asistir en 2006 a más de trescientos conciertos para levantar su mano cornuda, abandonando su puesto de trabajo en tantas ocasiones que su jefe, poco comprensivo, le dio la patada.*

*La sobredosis de calaveras, tatuajes y aperos demoníacos varios (al parecer Roger es una ferretería ambulante) nada tuvo que ver con el despido.*

*Tullgren llevaba ya diez años intentando que la justicia sueca reconociera su adicción musical como una dependencia que le mermaba psicológicamente. Así que entre el juez y el INEM sueco buscaron la solución: un trabajo de media jornada donde además pudiera seguir cultivando su melómano cuelgue, y una pensión de 400 euros al mes para cubrir la parte del día no trabajada. Tres psicólogos impulsaron la moción.*

*Roger, el genio, lo explicaba así al periódico sueco* The Local*: «Firmé un documento que decía: "Roger se siente impulsado a mostrar su estilo* heavy metal. *Esto dificulta su situación en el mercado laboral. Por lo tanto, necesita ayuda financiera adicional". Así que ahora puedo ir a una entrevista de trabajo vestido como voy habitualmente y darle ese papel al entrevistador».*

*Tullgren curra ahora de lavaplatos, y su nuevo jefe le deja vestir como quiera, recuperar las horas perdidas en conciertos y escuchar sus sinfonías jevorras a todo volumen «excepto cuando hay clientes», dijo a* The Local.

*La patología de este «metalómano» se inicia en 1971, cuando su hermano mayor le pone un disco de Black Sabbath a toda caña y envía al infantil Roger a otra dimensión. Ahora mismo, ya un señor de cuarenta y dos tacos, Tullgren toca en dos bandas de su ciudad, pero si por él fuera serían doscientas.*

*Un absoluto monstruo, Roger. Y un filósofo, a juzgar por otra de sus frases a* The Local*: «Podrán decir que debería crecer y escuchar otro tipo de música... Pero no puedo. El* heavy metal *es mi estilo».*



*Obviaré los juicios políticos, pero parece claro que, conforme España se acerca a los estándares europeos, un subsidio así al menos para los oyentes de OT, Trecet y Cadena Dial parece indispensable. ¿O no?*

Hacía varios meses que las expectativas de Dylan se concentraban en torno a un buzón metálico que no estaba acostumbrado a recibir cartas, excepto aquellas con el membrete de Telefónica o el banco. La contestación del profesor Rejas llegó relativamente rápido en comparación con el veredicto del Ministerio y por unos días eclipsó en importancia a la resolución de la beca. En cuanto a esta última, había pasado casi un año desde que la solicitara pero Dylan no había perdido la esperanza.

El verdadero interés de aquella beca no se centraba en la copiosa ayuda económica que le permitiría estudiar con los mejores profesores europeos; ni siquiera en el contrato que le aseguraba un circuito de conciertos al final de su carrera. En realidad, había una discusión que se había postergado hasta la llegada de aquella carta y tenía que ver con el futuro inmediato de Dylan. Ambos, padre e hijo, habían sellado un pacto, para acabar con las discusiones continuas, según el cual Dylan seguiría yendo a clase hasta que no le concedieran un reconocimiento del alcance de aquella beca, algo que asegurase su futuro.

Miguel tenía miedo de que el piano fuera una trampa destinada a hacer de su hijo un plagio de sí mismo, una especie de imbécil despistado a quien alguien abandonó fuera de lugar con un puñado de vinilos y poco más, ni estudios, ni recursos, ni demasiadas palabras. Sin duda, ya era demasiado tarde para hacer de él un orador, pero no quería que tomase decisiones que lo condicionaran más de lo que su enfermedad lo hacía.



Dylan no se arreglaba especialmente bien con las personas, y los adolescentes, sencillamente, le daban pánico. Todavía hoy, cuando pasa cerca de un grupo de quinceañeros le tiemblan las piernas y no puede evitar detenerse a comprobar que su traje esté bien planchado, que nadie ha escrito burlas en su espalda y que *Mr. tambourine man* no suena en los alrededores. Lo que más le espantaba era la estructura jerárquica que impera en las pandillas de adolescentes, saber que, de los mil escalones disponibles, ninguno se adecuaría a él.

Por su parte, los chicos del instituto lo odiaban porque tocó una pieza de Bartok en el festival navideño del 82. Desde entonces lo identificaron; había entrado en su lista negra porque era realmente bueno en algo y, sobre todo, porque no los necesitaba.

—Pues yo el último funeral en el que estuve fue en Valencia. Un amigo de Aurelio. También llevaban años sin contacto, como su amigo y usted. Pero resulta que este se arrojó a las vías del tren. O se cayó. No están seguros porque debía de ir muy puesto. Qué jodido, ¿verdad? Para los padres, sobre todo. No saber si fue un suicidio o un accidente.

—Qué importa. Muerto igual.

—¡No sea burro! Claro que importa. La gente tiene remordimientos cuando se suicida alguien cercano, ¿sabe? Es como si alguien muere en tu casa, en tu propia cama... Siempre te queda la sensación de que pudiste haber hecho algo para ayudar...



—Basta. Muertes.

—Sí, claro. ¡Menuda conversación! Conste que ha sido usted el culpable. Bueno, el que ha introducido el tema, ya me entiende.

—Claro.

—No se preocupe. Muchas veces nuestra cabecita asocia y asocia y acabamos pensando en lo último que debiéramos. Así funciono yo, al menos.

La contestación del profesor Rejas llegó un día y aquellas preocupaciones se mitigaron. Su atención hubo de centrarse por completo en aquellas líneas que entramaban un misterio. Aparte de interesarse por conocer más detalles sobre su persona, en qué trabajaba Miguel, hasta dónde estaban limitadas sus habilidades comunicativas, le hablaba a Dylan de los silencios interminables de John Cage, del relato bíblico en el que David toca para Saúl y de un tal Peter Sloterdijk, que se pregunta por el lugar no presencial al que nos transporta la música.

Fragmento del artículo del profesor
Adolfo Vásquez Rocca «Peter Sloterdijk, la escucha de sí y el olvido del ser desde todos los altavoces»
Revista *Adversus,* Año III, n.º 5, abril de 2006

*Se afirma generalmente que la música «se dirige al oído». Esto lo hace, en cierto modo, nada más en la medida en que el oído, como los demás sentidos, es un órgano e instrumento perceptivo de lo intelectual. Pero en realidad, y esto debe ser destacado, hay música que no contó nunca con ser oída; es más, que excluye la audición. Así ocurre con un canon a seis voces de Johann Sebastian Bach, escrito sobre una idea temática de Friedrich el Grande. Se trata de una composición que no fue escrita ni para la voz humana ni para ningún instrumento, concebida al margen de toda realización sensorial, y que de todos modos es música, tomando la música como una pura abstracción. Quién sabe, decía Kretzschmar, si el deseo profundo de la música es el de no ser oída, ni siquiera vista o tocada, sino percibida y contemplada, de ser ello posible, en un más allá de los sentidos y del alma misma.*



En otros fragmentos que parecían acercarse más al verdadero motivo de la correspondencia hablaba de John Cage, a quien aseguraba haber conocido en el metro de París por el año 45. «Llevaba un sombrero enorme y estaba fumándose un puro dentro del vagón. Le pedí muy educadamente que lo apagara».

Dylan intuyó que alguna de las frases que concluían la extravagante misiva debía de hacer referencia a su proyecto de idioma musical: el proyecto inspirado en un artículo firmado por el propio Rejas. Sin embargo, leyó y releyó todos los pasajes y le pareció que la única señal de que aquella carta que estaba dirigida a Dylan era el nombre de Dylan al comienzo. «No hay manera de experimentar "silencio" mientras se está vivo. El silencio es solo el abandono de la intención de oír. Interpreto su situación como la del abandono de la intención de entender».

En pocos días, el misterio se convirtió en hastío y volvió a escribir al profesor don Antonio Rejas para hacerle saber que no había entendido una sola palabra de su última carta. Esta vez la redactó sin ayuda de Clara porque estaba resentido por el comportamiento de aquel individuo y esa emoción le hacía sentir que podía valerse por sí mismo.



—Es muy gracioso...

—Qué.

—Cada vez que le da un trago a ese monstruo de cerveza se le queda un cerco de espuma alrededor de los labios, como si llevara bigote.

—Oh. Vaya.

—No se preocupe. Le favorece. Déjeme, déjeme, que no acierta con la servilleta.

—Ya.

—Sí. Mucho mejor. ¿Se ha fijado? El camarero no hace más que mirarnos.

—Igual... enfadado. Por música.

—¡Ah, no! Ya le dije antes que no le molestó en absoluto. Yo creo que nos mira porque piensa que es usted mi amante. Me pregunto si se lo contará a Aurelio.

—Eso le gustaría...

—¿Cómo? ¿Es una pregunta?

—Claro.

—¿Si me gustaría que usted fuera mi amante?

—No. Que le dijeran... a Aurelio.

—Ya, ya le había entendido. Pues no estaría mal, ¿sabe? Que fuera él quien se sintiera celoso por una vez. Si quiere, para hacerlo más real, nos acercamos a la barra y me besa.

—Luego. Tras cerveza.

—¡Qué cobarde! No se ría.

142

Me hablaron de un profesor de universidad que tenía especial afición por incluir a sus alumnos en experimentos sociológicos sin previo aviso. Durante un seminario sobre el pacto de ficción en la literatura moderna, entregó a los asistentes un relato hecho a base de fragmentos engarzados de diferentes obras literarias. La selección de estos textos había sido totalmente aleatoria y caprichosa. No había ningún hilo argumental, ninguna pista oculta que desvelase misterio alguno, pero los alumnos, por supuesto, no estaban al corriente. Se les asignó la tarea de leer y analizar el incongruente relato, lo que muchos entendieron como un «trabajo de interpretación». Después de todo, el lector moderno acomete la tarea de leer un libro desde el papel del detective; da por supuesto que toda obra literaria esconde un secreto que revelar, un reto. Los alumnos de este profesor bromista encontraron miles de explicaciones que justificaban el orden arbitrario de aquellos párrafos. Vieron guiños freudianos; entendieron la selección como una serie de recortes de periódico mediante los que una pareja de amantes intercambiaba proposiciones privadas;

atribuyeron al autor la intención paródica de ridiculizar los diferentes estilos narrativos que habían estado en boga durante el siglo XX, etcétera. Esta reacción es natural, ya que estamos entrenados para buscar intencionalidad en todas las señales comunicativas que encontramos. Gracias a este comportamiento adquirido captamos la ironía, entre otras cosas.

Como el profesor bromista, yo también aspiraba a involucrar a mis lectores en el experimento. A estas alturas ya habrán construido sus propias hipótesis sobre lo que resulta arbitrario en la estructura de la novela. Pensarán que todo aquello que se escapa de la trama es un recurso para distraerlos; pensarán que tiene sentido o que no lo tiene en absoluto. A mí no me pregunten: tengo mis dudas. Como vuelta de tuerca se me ocurre incluir uno de estos textos dispersos, cuyo único sentido radica en su carácter periférico, en el meollo de la trama. Ojalá se vuelvan locos. Fabulen. Inventen explicaciones, porque, aunque no las haya, ese ejercicio forma parte de la obligación del buen lector. Tal vez *De música ligera* sea una novela policiaca.



Según las fuentes policiales, aquella mañana Víctor Sierra salió de casa a eso de las 9.45 a. m. Metió las llaves del piso en el buzón de la señora del tercero y cargó el coche con un par de amplificadores, dos guitarras acústicas y una Gibson Les Paul Classic del 81. Condujo hasta la tienda de artículos de segunda mano en la calle Fuencarral y cambió por 75 000 pesetas la Gibson, los amplificadores y una de las acústicas.

Un testigo lo vio dirigirse a pie hacia Atocha. Había dejado el coche aparcado en segunda fila y siete horas más tarde la grúa lo requisó. Al no reclamarlo nadie en el plazo estipulado de treinta días hábiles, fue trasladado al desguace.

En Atocha compró un billete directo a Irún, donde pasó la noche en casa de unos conocidos. Cambió la mitad de su dinero a francos y llegó a Poitiers en la madrugada del día siguiente. En el transbordo Poitiers-París le habló al pasajero Raúl Valero de su intención de llegar a Frankfurt para el Festival Internacional de Jazz, pero a pocos kilómetros de la capital el pica del turno de noche lo dejó en un andén de las afueras por viajar sin billete.



El Sierra fue visto merodeando con su guitarra por la tumba de Jim Morrison, en el cementerio de Montmartre, antes de perderse para siempre en alguna de las conexiones europeas que parten de la Gare de Lyon.

# SIETE

ALGUNOS AMIGOS HABÍAN OCUPADO UN ANTIGUO GRANERO 
frente a la costa vizcaína para pasar la última noche del milenio lejos de ordenadores llamados a fallar, del estallido de la III Guerra Mundial o la resurrección de Elvis, pero Aurelio y Julia decidieron quedarse cerca de la amenaza, muy solos y colocados de cannabis en el piso de Madrid.

Con respecto al tan anunciado cambio de siglo, Aurelio se encontraba en un punto intermedio entre la indiferencia y el vértigo. En la cadena pública había un programa musical en el que Ana Torroja deseaba feliz año y los hermanos Muñoz cantaban *La raja de tu falda* y luego aparecía Jennifer López meneando el trasero. Llegaron las uvas sin que Julia pudiera comerlas por sus problemas digestivos, y las sustituyó por doce caladas profundas. Se quedó traspuesta con la llegada del siglo XXI mientras Aurelio, en cierta manera, se contagiaba de la emoción popular por aquella tremenda fiesta del futuro.

«Voy a cambiarlo todo, Julia», comenzó diciendo, pero ella estaba regresando del punto muerto y había fijado la vista en el televisor, donde hacían un recuento del siglo mediante imágenes que avanzaban con *What a wonderful world* de fondo. Tenía los ojos secos de no pestañear y se acordó de *La naranja mecánica,* de aquellas imágenes violentas sucediéndose ante los ojos obligadamente abiertos, monstruosamente forzados a ver del protagonista. «Tengo muchos propósitos para el nuevo año y esta vez pienso cumplirlos todos...».

Durante semanas se habían sucedido los mensajes de alarma. No le había confesado a nadie que llegaba a inquietarse con aquellas señales apocalípticas que habían llevado a la vecina de su madre a esconderse en un búnker bajo tierra. Por todo el mundo grupos de personas construían naves inmensas para sobrevivir a un nuevo diluvio, cavaban fosas subterráneas o, los que se decían escépticos, llenaban el frigorífico con provisiones extra. Era propensa a dejarse llevar por las alarmas colectivas y en el fondo nunca se creía del todo sus miedos, sabía que se aficionaba a ellos como a una moda, pero aquella vez había llegado a considerar la posibilidad de que el mundo estuviese a punto de estallar. Por eso había retenido a Aurelio junto a ella. Estaban solos y, pasara lo que pasase, los dos lo sufrirían juntos. Aquello la llenaba de una tranquilidad un poco egoísta.



«No puedo dejar de pensar que si te pasara algo por mi culpa... Voy a cuidarte, ¿Julia? ¿Me escuchas, Julia?». Por primera vez desde que había comenzado a hablar Aurelio se fijó en ella y vio que estaba blanca, como suele decirse, aunque en realidad su color se asemejaba al amarillo. La tumbó sobre la alfombra y le puso los pies en alto. Pronto volvió en sí y vomitó algo verduzco que no se parecía en nada a lo que habían cenado. Se disculpó. «Empecé a ver las siluetas de la televisión como fuera de la pantalla y luego códigos de barras y me pitaron los oídos».

Aurelio la rodeó con sus brazos y le besó el cabello y supo que no había escuchado ninguna de sus promesas, pero también supo que las cumpliría todas, una a una.

### VEINTE CANCIONES PARA EUSKADI. ENTREVISTA A MARTÍN IBAIZABAL

Juan Manuel Zubiarte. *Kaos Aldizkaria* (Bilbao), página 73

*Martín Ibaizabal, catedrático de la Universidad del País Vasco, presenta esta semana su libro* Canciones para una derrota, *nueva perspectiva sobre el llamado «conflicto vasco» que, lejos de ser uno más de los cientos de libros publicados al respecto, sorprende con un formato peculiar que organiza cronológicamente la historia de Euskal Herria mediante sus canciones más representativas.*



*PREGUNTA: ¿Por qué una revisión musical de la historia política del País Vasco? ¿Es simple capricho o responde a un plan temático concreto?*

*RESPUESTA: Cuando alguien escribe una autobiografía, necesariamente fuerza dos capacidades cerebrales: cronología y memoria. Se ha contrastado que la música desempeña un papel importante en la organización de ambas facultades [Martín se incorpora y abre un armario lleno de libros y de cerveza. Vuelve con un par de botellines que abre con los dientes]. Escribí esta revisión histórica con la sensación de estar contando parte de mi biografía, pero, al abarcar un campo colectivo como es la política, pensé que necesariamente habría de ejercer un impacto similar en la mayoría de los lectores. Esta pretensión de confundir individualidad con colectivismo es precisamente lo que los fenómenos de masas tienen de particular, y las canciones que ordenan los diferentes pasajes del estudio son una herramienta de contextualización. En ocasiones resultan más esclarecedoras que las fechas.*

*P. ¿Se trata únicamente de eso? Dedica todo un capítulo del libro a estudiar las influencias iconográficas del movimiento independentista. La música es un elemento esencial en la batalla mediática, ¿no es así?*

*R. Cierto [Pausa. Martín se acomoda a su gata en el regazo]. Los movimientos políticos, principalmente los de corte radical, necesitan de iconos y símbolos que logren difundir sus ideales, generalmente confusos, entre la población. Pero Hitler amaba a Wagner y esto no convierte en nazi al músico alemán. En el capítulo que mencionas, me centro en dos aspectos: uno es un hecho; el otro más bien una reflexión. Existió una caza de brujas contra la simbología independentista durante la segunda legislatura de José María Aznar y la música vasca fue una de las grandes afectadas. Esto es un hecho y la consiguiente reflexión que suscita parte de por qué ese interés del ex presidente en acabar con la música* euskaldun. *La respuesta más simple y tal vez la más acertada hablaría de una confusión entre conflicto y cultura, proveniente de un error aún mayor que es relacionar el terrorismo con las raíces de un pueblo. Pero tratando de llegar al núcleo del asunto, me sorprendí pensando en los grandes olvidados del llamado «conflicto vasco», que son los adolescentes persuasibles que ETA recluta cada año. Un quinceañero es fácil de convencer si aciertas en el cómo. Los adolescentes viven en un universo de símbolos. Se dividen en tribus urbanas, tratando de distinguirse mediante vestimenta, gustos musicales y también ideologías.*

*Si les ofreces todo el* pack, *un ideal político revolucionario que incluye camisetas, eslóganes y canciones, te habrás abierto paso en su mundo ideográfico.*

P. *Insiste en la neutralidad de su trabajo y por eso elude ofrecer alternativas o previsiones de futuro. Pero ¿seguirá avanzando la historia de Euskadi a través de sus canciones?*

R. *Por supuesto; llegará el profeta, armado con micrófono y guitarra, portando la solución [Risas]. La verdad es que no ofrezco soluciones porque no las tengo, tampoco soy yo quien deba encontrarlas. La música, en cambio, ofrece más certezas. Es sorprendente comprobar la gran cantidad de temas que se han compuesto en lengua vasca durante los últimos treinta años. Todas esas canciones han marcado instantes de nuestra historia. Muchos siempre recordaremos el concierto anti OTAN del 82, o nuestra primera borrachera escuchando Kortatu. Mientras la música siga teniendo el don de inmortalizar instantes marcará la cronología de una historia, seguirá avanzando con nosotros.*



Cada tarde Dylan revisaba el correo y se frotaba las manos nervioso, arrepentido de haber sido demasiado rudo tal vez, de no haber entendido correctamente, de no estar a la altura. Eran pensamientos que bien podían definir su frustración en referencia a las dos cartas que esperaba y parecían no llegar nunca. En cierta manera, que le denegasen la beca del Ministerio no le parecía tan terrible como haber perdido la confianza del profesor Rejas, el sueño de su gran proyecto. Había concursos de sobra, suficientes maneras de asegurarse un futuro con el piano. Al menos así lo creía Dylan, que tenía fe absoluta en sí mismo cuando prolongaba su persona en el teclado. Pero los auditorios se sentían cautivados por la figura del niño prodigio y Dylan cada día se alejaba más del metro sesenta, de los rasgos aniñados.

Faltaban pocas semanas para que finalizara el curso escolar cuando llegó un sobre a nombre de su padre. Dylan estaba sentado al piano, repitiendo hasta la saciedad el pasaje de un estudio de Liszt que se le había atragantado. Poca gente sabe lo reiterativo que puede llegar a ser el estudio de un instrumento. Miguel leyó la nota y le pidió que dejara lo que estaba haciendo y se sentara junto a él. Del sobre salieron otros dos, de menor tamaño. Uno de ellos estaba dirigido a Dylan y se lo tendió para que lo leyera. Le costó identificar al remitente porque aquella nota estaba escrita en un tono que nada tenía que ver con el de la anterior misiva. Esta era más bien corta y le pareció que utilizaba la clase de palabras sencillas que comparten los amigos.



En pocas palabras, el profesor Rejas le informaba de que había pedido permiso a Miguel para que le permitiera visitarlo aquel verano en su caserío a las afueras de Biarritz. «Tenemos que discutir ese proyecto tuyo —decía—. En la casa podrás disponer de un piano. Mi hija Estelle lo tocaba de pequeña y está abandonado en el salón».

La carta terminaba con un absurdo «See you later, Alligator» que ninguno de los dos entendió porque no sabían inglés ni escuchaban a Bill Haley. Dejó la cuartilla sobre la mesa y se volvió hacia Miguel, cuyo rostro se había ido ensombreciendo a medida que avanzaba en la lectura. «Me parece increíble que te cartees con un filósofo chalado sin decirme nada». Le asestó un bofetón y dio el tema por zanjado.

Había un sobre que no habían llegado a abrir y que contenía unos billetes de tren hasta Biarritz, pero ninguno de los dos consideró la posibilidad de que Dylan aceptara la invitación.

—¡Oh, no! Rugbi...

—Rugbi...

—Sí. Mire la televisión. James está conectándola, eso quiere decir que van a quitar la música para poner el maldito campeonato de rugbi. Esto se llena de ingleses borrachos cuando hay partido.

—Bueno. Nosotros también... borrachos.

—Ya, ya. No hace falta que lo diga. ¿Le gusta el rugbi, o el fútbol, o algo?

—El piano. Principalmente.

—Ah, claro. Deporte olímpico, ¿verdad? 

—Vayamos barra.

—¿Entonces quiere ver el partido?

—Y la beso.

—¡Ah, no! Demasiada gente.

En aquellas situaciones se encolerizaba, pero de alguna manera ponía los pies en el suelo para comprender que no habría idioma auxiliar que lo salvara de enfrentarse al mundo con palabras. No podría esconderse del revisor en el tren. Seguramente las convenciones lo habrían obligado a mantener una charla cordial con la compañera de vagón y a preguntar, en algún momento, por la estación en la que debía bajarse. Además, por muy diferente que pareciera el profesor, había ido descubriendo con el tiempo que los extraños odian el silencio, que solo se alcanza este muy de vez en cuando y entre personas que comparten una gran intimidad, de manera que su presencia incomodaba a los desconocidos.

Así, uno tras otro, aparecían decenas de argumentos diseñados para reafirmarse en su decisión de no intentar siquiera llevar a cabo esa visita a Francia. Las razones que le aconsejaban quedarse en casa eran numerosas y aun así no podía evitar un sentimiento que se había instalado en su estómago y era enormemente parecido a lo que conocía por el nombre de angustia o remordimiento. En realidad, la invitación del profesor Rejas no podía dejarlo indiferente porque hacía seis años que no salía de Madrid y nunca se había separado de Miguel sino por unas horas. Aquella invitación era la mayor amenaza que alguien lanzaba contra su rutina diaria y de repente comenzó a sentirse horriblemente hastiado de sus siete horas diarias frente al piano; de los veranos en Madrid, que huelen a alquitrán y orines; de los discos de Bob Dylan; de los fines de semana con Miguel, del metro. Se detuvo por miedo a descubrir hasta dónde podría llegar la lista y trató de imaginar el sur francés como un parque temático lleno de prostitutas bellísimas y conocedoras de la obra de Debussy. Cómo deseó llegar hasta allí, en un vagón de tren forrado de madera, parecido a los que había visto en las películas del Oeste. La escena amenizada con música de Johnny Cash, por supuesto. Dylan siempre ha considerado que sus canciones son las más idóneas para viajar.



Miguel entró en su cuarto y lo encontró llorando con una expresividad insólita. El colchón era demasiado viejo y los muelles crujieron cuando tomó asiento en la cama junto a él. Apoyó una mano en su hombro. «He estado pensando en la carta de ese amigo tuyo…». Se multiplicaron los sollozos y tuvo que esperar unos minutos a que Dylan se tranquilizara. «Lo he consultado con Clara. Ella conoce a ese profesor y dice que es de fiar. También dice que te convendría salir de casa». Dylan volvió a emocionarse y se abrazó a su padre, hundidos los dos absurdamente en el colchón. Le hubiera gustado darle las gracias, pero estaba más asustado que feliz en ese momento. Miguel le propuso tomar la cena mientras escuchaban algo de música tranquila, para aliviar el sofoco. Dylan eligió al azar un disco de Cat Stevens y se quedó dormido en el sofá.

—Cante algo. Julia.

—¿Se ha vuelto loco?

—No música. Cante.

—No sabe lo que me está pidiendo. Lo hago fatal. Como un pato afónico.



—Pues su voz... Un bonito timbre... Peculiar.

—Sí, demasiado «peculiar». No vea lo que se burlaban de mí en el colegio. Menos mal que luego empecé a fumar y se volvió menos aguda.

—Inténtelo. Solo unas notas.

—Ay, que no. Me da vergüenza. Si estuviéramos en un karaoke todavía, porque en los karaokes todo el mundo hace el ridículo, hay una especie de pacto previo. Pero aquí no. Imagínese a esos tiarrones enormes riéndose de mí.

—Necesita más... cerveza.

—Conseguirá que vomite en el suelo, pero no voy a ponerme a cantar por muy borracha que esté, se lo aseguro.

Entre los propósitos de Año Nuevo figuraba encontrar un empleo y Aurelio comenzó a dar clases particulares de inglés en el estudio de casa. La primera y en realidad única alumna que tuvo era una adolescente adinerada que llegaba cada martes a la tarde con la faldita plisada del uniforme un poco más corta de lo permitido, recién salida de clase. Desde el primer día Julia la aborreció, y, como la joven pagaba al contado y como los enfados de Julia eran monumentales, el dinero se iba en sacarla a cenar a algún restaurante con mantel y velas para calmar su ira. Pero a pesar de los restaurantes caros la inquietud de Julia regresaba cada vez que ella irrumpía en su espacio y se encerraba con Aurelio.



Había censurado la indiferencia con la que arrastraba los pies por el suelo, desgastando la suela de los mocasines como si en esa actitud se resumiera todo su espíritu de protesta. Así era la gente rica y guapa, pensaba Julia, sin principios, con la vida resuelta. Cuando guiaba a Claudia por la casa, cuando por unos segundos caminaban la una junto a la otra, Julia agachaba la cabeza y tenía que refrenar el impulso de mostrarse servil. Aurelio, por su parte, enseguida quedó hechizado por la manera con la que Claudia realizaba las tareas más sencillas. La suavidad exagerada con la que se aferraba a los objetos, la taza de café que se elevaba hacia sus labios, la ingravidez que acompañaba su regreso a la mesilla.

Le había propuesto que tradujesen una canción inglesa y Aurelio le preguntó por sus gustos musicales. Así, estuvieron una tarde contrastando la calidad del punk británico con la contundencia lírica de los grupos vascos o catalanes; criticando el movimiento yanqui como una secuela irresponsable del 77, el nuevo punk rock californiano. Claudia, que adquirió nombre desde aquella tarde, era fan de System of a Down, Creed, Limp Bizkit, y también le gustaban el rap y la música que ponía su padre en el coche cuando iban de viaje, algo intermedio entre Bruce Springsteen y Burning. Como no lograron ponerse de acuerdo recurrieron a Bob Dylan, que es en estos casos como una partida de damas declarada en tablas. Aurelio grabó en un casete *Forever young* y lo escucharon en silencio. Luego

Claudia trató de trasladar lo que entendía en un papel y erró varias veces. Tradujo «may you go up to get the truth» en lugar de «may you grow up to be true», y «your feet always be twist» en lugar de «always be swift». Se rio con ganas ante sus equivocaciones.

Una vez traducida, Aurelio propuso que la cantaran juntos y descubrió que Claudia tenía una voz bonita, muy acorde con sus dedos tamborileando en el lapicero o el cuenco del café desafiando la gravedad desde sus labios. Se abrían y cerraban rítmicamente con las estrofas de la canción. No dejaban de estar húmedos pese al aire que escapaba entre ellos para pronunciar con ignorancia aquello de «may you stay forever young».



Los pensamientos de Aurelio iban más allá y deseó inmortalizarla cantando a Bob Dylan cerca de sus rodillas. Disecarla. Aquello era una locura, pero recordó los sistemas de embalsamamiento y se le ocurrió que tal vez alguien había abierto en canal a su princesa para conservarla eternamente joven, en una vitrina de cristal.

Claudia seguía cantando, abriendo y cerrando los labios como una marioneta.

—Esos niños. La traumatizaron...

—¡Ay, Dios! ¿De qué niños habla ahora?

—Se reían. De su voz.

—¡Ah, eso! Pues no dude que pueden llegar a ser muy crueles. Yo no volvería al instituto por nada del mundo. Qué edad horrible.

—No dudo. Créame.

—Claro..., usted también aguantó lo suyo, ¿verdad? No me había dado cuenta. ¿Siempre tuvo problemas de habla?

—Afasia. Desde cinco años.
—Vaya... Y ¿se burlaban mucho?
—Bueno. Peor mi nombre.
—¿Cómo dice?
—Se reían... de nombre.

Habían controlado los nervios planeando todos los detalles con minuciosidad y mucha antelación. Una maleta con ropa y otra con libros de piano. La chaqueta con la que viajaría tenía dos bolsillos internos para guardar el dinero y los billetes. En uno de los compartimentos de la maleta más grande Miguel le obligaba a llevar un par de botellas de vino como presente para la familia, y en ese mismo bolso, en una esquina, contaba con un improvisado botiquín médico.



Atravesaron Madrid en coche para llegar a la estación y Miguel estuvo a punto de emocionarse cuando llegó el momento de despedirse. Por primera vez desde que perdiera a Emilia iba a pasar un tiempo solo. Planeaba ir a la playa algún fin de semana, pero seguramente no iba a hacerlo. Seguramente, no haría nada más que esperar. Cuando el tren encendió los motores Miguel ya había desaparecido del andén y Dylan estuvo unos minutos paralizado por el miedo, aunque pronto arrancaron y el movimiento lo tranquilizó, como cuando era niño y su padre le curaba las rabietas paseándolo en coche por el barrio.

Viajó solo hasta San Sebastián y, en cuanto vio que una mujer anciana y aburrida se sentaba junto a él, apoyó la cabeza en el cristal y cerró los ojos con determinación. Despertó cuando entraban en la estación de Biarritz y acababa de amanecer.

La estación era parecida a todas las estaciones del mundo y apenas había gente a esas horas de la mañana. El único detalle exótico eran los carteles que indicaban la salida, donde en lugar de «Salida» se leía «Sortie». Volvió a sentir ansiedad cuando echó un vistazo rápido a las personas que esperaban en el andén y no distinguió a ningún hombre con pinta de filósofo, ni siquiera a un hombre corriente que rondase la edad del profesor. Había algunas parejas jóvenes que se reencontraban para el verano y se abrazaban. Su compañera de asiento pronto se reunió junto a la expendedora de tiques con el marido anciano y se alejaron hacia el aparcamiento dejando sola, en ese extremo del andén, a una jovencita de unos dieciséis años que fumaba y tiritaba de frío por culpa de unos *shorts* poco apropiados para la mañana.



Dylan se acercó a ella por curiosidad, porque parecían bonitas sus piernas, y vio que llevaba una especie de letrero en el que había escrito su nombre a mano. Le encantó ver aquella caligrafía tan cuidada delineando su nombre. «Tú eres Dylan, ¿verdad? Yo soy Estelle». Arrojó el cigarrillo a las vías y le estrechó la mano. Tenía un acento peculiar. Pronunciaba las erres como española pero alargaba demasiado las vocales, hacía que todas las palabras se unieran la una a la otra como en una canción. «Eres músico, por lo que supongo que tu nombre se debe a Bob Dylan. Es imposible que no fueras músico con ese nombre. La gente desconoce la importancia de llamarse así o asá. En Inglaterra hay un número desproporcionado de biólogos que se apellidan Fish, ¿sabías? Los psicólogos los llaman condicionantes ocultos. Yo llevo el apellido de mi madre, si no también me gustaría estar siempre encerrada, como al señor Rejas. Nunca quiere venir a la ciudad. Por eso me mandó a mí a buscarte».

Salieron de la estación y esperaron unos minutos en la marquesina de la entrada. Había una bruma espesa que impedía ver más allá y Dylan seguía frustrado, tratando de asumir que Francia se resumía en unos carteles color verde en lengua extraña. Llegó el autobús y comprobó con hastío que no había gran diferencia con los autobuses madrileños. Ahora que se paraba a pensar, no estaba muy seguro de lo que esperaba encontrar allí, pero sin duda debía de tratarse de algo excepcional: un adelanto del cambio de siglo, avances tecnológicos, la revolución sexual latente en los carteles publicitarios de tabaco.



No prestaba mucha atención a su compañera, que hablaba sin parar, pero aquello, en vez de incomodarlo, de alguna manera lo tranquilizaba, tal vez porque hay algo monótono en las conversaciones pasadas por alto que resulta muy similar al traqueteo del tren. Sin embargo, dijo algo que atrajo su atención y, como iban sentados el uno junto al otro, pudo observarla con detalle. Pronto llegó a la conclusión de que era ella lo más exótico que encontraría en su viaje. Le pareció extraordinario lo rubia que parecía Estelle con su cabello tan negro, sin duda la tonalidad más oscura que había visto. Eran las pecas, los rasgos suaves, el tono de piel azulado; todo aquello en conjunto hacía que pareciera una muchacha nórdica con el pelo teñido, pero la intuición primera de Dylan fue mucho más confusa, más enigmática.

«Ojalá sonara Johnny Cash. Me gusta viajar con Johnny Cash», había dicho ella. Dylan se quedó algo desconcertado y contestó secamente que a él le ocurría lo mismo. En cualquier caso, era imposible que Estelle no dedujera que lo decía por mero compromiso.

—¿Cómo se apellida?

—López Santamaría.

—Ha de reconocer que es gracioso... Ay..., perdone que me ría. Dylan López Santamaría. Suena como el nombre de algún personaje latino en *Sensación de vivir*.

—Los hay peores.

—Bueno, eso seguro. Yo misma conocí a un venezolano que se llamaba Elvis Presley Muñoz. ¿Se imagina? Tiene que ser difícil conseguir que alguien te respete con ese nombre.

—Horrible... Yo mentía. Que mi nombre. Por Dylan Thomas. El poeta.



—¿Y eso mejoraba las cosas?

—Bueno... No cantaban: «Hey mister tambourine man, play a song for me...».

—¡Vaya! ¡Sí que puede cantar!

—Mejor que hablar.

—Eso es realmente curioso. ¿Por qué?

—Mejor palabras... con música.

—¡Ya veo! Es que esa estrofa de Bob Dylan le ha salido perfecta, sin titubeos.

—Con música... cualquier cosa... mejor.

El autobús los dejó en el último tramo de una carretera regional y tuvieron que caminar alrededor de quince minutos campo a través para llegar al caserío. Era enorme y blanco. Aislado del mundo en mitad de un pasto seco, casi negro, como si la tierra estuviera recuperándose de un incendio. Todas las habitaciones tenían una pequeña terraza por la que se colaban las ramas de una higuera centenaria cargada de brevas oscuras y dulces. Pronto descubrió que podía deslizarse por las ramas y llegar sin dificultad a la bodega. Allí fue donde conoció al profesor Rejas mientras elegía con cuidado el vino para la comida. Estelle lo había abandonado en la entrada y se escuchaba música muy alta desde el piso superior.

«Cuántas botellas», dijo apático Dylan. El profesor emitió una risotada histriónica, como de pirata bonachón, y lo abrazó con fuerza. Alabó con exageración la última carta de Dylan. Según dijo, le había hecho reír a carcajadas. A primera vista, el profesor Rejas parecía un hombre a quien divertía absolutamente todo de una forma desmesurada. Su propia redondez le encantaba. Cojeaba sin dolencia para balancear su figura de una manera cómica, como si fuese un péndulo regordete, una canica que oscila de izquierda a derecha. Comenzó a moverse así ante Dylan y este sintió la obligación de acompañarlo.



Llegaron a un salón con cuatro puertas y un piano. En vez de sillones, el suelo estaba repleto de cojines al estilo marroquí. El profesor se volvió increíblemente flexible para acomodarse en uno de ellos y le pidió a Dylan que probara el piano. No supo cómo interpretar exactamente aquella orden y comenzó a recorrer el teclado de arriba abajo con escalas. Iba a empezar con los arpegios cuando Rejas lo interrumpió. «Eso no. Háblame de tu viaje en Fa mayor». Dylan se ruborizó y dejó la silla del piano. «Mi sistema no está tan... avanzado..., señor». Aquello le provocó un ataque de risa asmático y pidió ayuda para incorporarse. «Está bien, hijo, trabajaremos en ello».

A la hora de comer le presentaron al tercer inquilino de la casa, que no era la esposa del señor Rejas, como él había supuesto. Marcelina servía la mesa y vigilaba que el profesor no bebiera demasiado. Por lo demás, apenas se la veía a lo largo del día. Estelle pensaba que se emborrachaba con las sobras de alcohol que le escamoteaba a su padre y todos los días estaba de resaca. Por eso no aparecía de mañana y muy pocas veces a partir de la caída del sol.

En aquel primer almuerzo, el profesor le describió con detalle las características del vino que había reservado para la ocasión y le sirvió una copa llena para que lo degustara. Dylan nunca había bebido alcohol y pronto se sintió mareado, aunque muy tranquilo. Estelle le habló despreocupadamente del divorcio de sus padres y de su residencia habitual en París, junto a su madre y los novios esporádicos de esta.



«París es el centro del mundo, pero a mi padre le gusta vivir aquí, en su Pays Basque. Con la edad se ha vuelto nostálgico».

—Por cierto, esa canción que ha cantado, la de Bob Dylan, ¿puede creerse que nunca la he escuchado entera? Conozco el estribillo porque salía en un anuncio de la tele. Creo que era de electrodomésticos. Ya sé que es archifamosa, pero... En fin. No sé qué emisoras he estado escuchando los últimos veinte años.

—Qué alivio. Odio *Mr. tambourine man.*

—Claro, normal. No le debe de traer muy buenos recuerdos. Pero ¿le gusta Bob Dylan?

—Más Dylan Thomas.

—¿Y ese tipo quién es?

—Gran poeta.

—Ya, ya. Bueno, en realidad no tengo idea de quién es, pero le creo. ¿Sabe qué canción me gusta a mí de Bob Dylan? La de *Hurricane.* La escuché el otro día en una película sobre la vida de un boxeador famoso. No me acuerdo del nombre.

—Rubin Carter.

—¡Eso es! ¿Ha visto la película?

—No.

—Pues cuenta la historia de este tipo, Rubin Carter, al que le imputaron un asesinato que no había cometido, por ser negro. Ya sabe que en Estados Unidos pasan cosas así, con el Kukus Klan y los nazis.

—Bueno...



—¿Conoce la historia?

—Claro. La canción. Casi... periodística.

—¿Periodística? ¿Cómo?

—Sí. Relata hechos. Reales.

Para ayudarla con su nueva dieta, Aurelio se esforzó en llevarla a cabo con Julia. Fue difícil renunciar a la grasa, siempre faltaba queso en los macarrones, en las pechugas de pollo, en la pizza vegetariana. No había picante ni embutidos, comían fruta a todas horas y al final acabaron acostumbrándose. Pero había algo más importante que el queso o la carne de cerdo a lo que Aurelio no era capaz de renunciar. El frigorífico estaba lleno de latas de té frío y zumos sin gas que le provocaban una ansiedad terrible.

Comenzó a visitar el bar de la esquina con diversos pretextos. Salía a bajar la basura y se tomaba un par de cervezas a todo correr, siempre mirando hacia atrás, con miedo a ser descubierto por Julia. El estanco quedaba a un par de manzanas de casa y aquellas salidas le permitían degustar un whisky en el bar de Paco. Los domingos veía el partido. Había entrado en una dinámica absurda que lo mantenía vagando solo, de bar en bar, con la inquietud de los adolescentes que beben a espaldas de sus padres.

Julia no le había prohibido beber delante de ella pero sentía a cada trago que la estaba traicionando. Al fin y al cabo, por culpa de sus malas costumbres etílicas tenía el hígado destrozado. A menudo se preguntaba cuál era el motivo por el que su organismo se mantenía intacto. Sentía como si él hubiese nacido precisamente para ese fin, para beber sin motivo en esa barra de bar mientras en la radio se sucedían éxitos de Sabina.

De niño le habían dicho que tenía buenas condiciones para ser futbolista, pero nunca llegó a prosperar. Ahora estaba completamente solo porque sus amigos habían desaparecido o hacían cosas útiles con sus vidas, y lo que más le complacía era beber una cerveza detrás de otra. Aquello no podía compartirlo con Julia, la única, por otra parte, que permanecía a su lado.



Un viejo profesor de universidad entró en el bar y se acercó a saludarlo. Hablaron del tiempo, de los años, del sistema educativo: los alumnos cada día eran más numerosos y más inútiles. Filología Inglesa estaba de moda y llegaban hordas de chavales, recién salidos del instituto, que no sabían quién era Joyce. El profesor advertía con tristeza que su generación había legado a los jóvenes un país en el que era muy sencillo sobrevivir sin pensamientos propios.

Aurelio se interesó por saber quién se encargaba de las tres asignaturas que le quedaban pendientes y descubrió con sorpresa que había una antigua compañera de promoción impartiendo Literatura Norteamericana del siglo XX. El profesor seguía comparando el compromiso de las promociones pasadas con las presentes y Aurelio tuvo ganas de confesar que a él siempre le habían interesado más las letras de los Pistols que las obras de Shakespeare, pero no lo hizo porque había algo patéticamente triste en cada movimiento de aquel individuo calvo y regordete que llevaba veinte años impartiendo seminarios sobre *Macbeth.* Parecía llevar colgando todas sus tragedias isabelinas en la solapa de la chaqueta. Debían de pesar muchísimo.

Cuando el hombre se despidió le hizo prometer que lo visitaría en su despacho durante el siguiente curso y repasarían su expediente. Aurelio dio su palabra y pudo divertirse un rato viendo cómo se alejaba lentamente calle abajo, con la cabeza gacha y un extraordinario número de tics nerviosos recorriéndole el cuerpo.



—Pues me gusta esa idea del periodismo musical. Nunca se me habría ocurrido. ¿Qué otros temas se le ocurren?

—Recuerde *I don't like mondays...*

—Ah..., sí... Conozco la canción, pero no la historia. Es que nací en los ochenta, ya sabe. A mí me tocó la época de la supuesta conspiración de Courtney Love y poco más. Yo nunca me creí que matara a Kurt Cobain, ¿sabe?

—Adolescente yanqui... disparó contra... niños. En un colegio. No le gustaban... lunes.

—Oiga, es usted un maestro del resumen. ¡Qué precisión! Debería escribir un manual sobre cómo contar una historia en cuatro palabras clave.

—No... burle.

—No se lo tome a mal, hombre. Qué más historias tiene.

—Bruce Springsteen... *41 shots.*

—Lo siento. Tampoco la conozco.

—Un chico negro... asesinado por policía. Pensó... sacaba un arma. Pero cartera.

—Qué fuerte. Vaya par de historias.

—Buenas canciones.

—Seguro.

Al profesor Antonio Rejas le gustaba contar todo tipo de anécdotas, reales o inventadas, que sumían en la confusión a los oyentes. Alternaba realidad y ficción con tal desparpajo que sus palabras constituían a la vez una historia y un juego detectivesco. Dylan nunca sabrá si el relato que situaba en aquel caserío al escritor prófugo Joseba Sarrionandia era cierto. Aquella era su anécdota preferida y la escuchó en varias ocasiones durante su estancia.



Contaba Rejas, ayudado por su hija, que habían adquirido aquella construcción en el año 75 cuando era poco más que un amasijo de maderas carcomidas. Reconstruyeron todo el piso superior, cambiaron las vigas y abrieron ventanas en la fachada lateral. Al parecer, junto a la higuera había existido un hórreo que se quemó misteriosamente una noche de tormenta del 78, pocos días antes de que asesinaran al etarra Argala en el municipio de Anglet. La historia proseguía con alguna alusión cómica al abandono de su mujer y luego nos transportaba al invierno del 85, cuando descubrió a un hombre escondido en el granero.

Primero pensó que era un mendigo, o un borracho. Tal vez estaba muerto. Armado con una horca, se acercó a él y lo zarandeó para que despertara. El hombre abrió mucho los ojos y no se movió ante la proximidad del filo. «Ne pas voleur, ne pas voleur», repetía muy quedamente, como si ya no tuviera fuerzas ni para defender su inocencia.

Tenía un acento francés deplorable, parecido al suyo. Le tendió una mano para que se incorporara y quiso saber de qué parte de la península venía. «Yo no soy de aquí», dijo tristemente. «Eso ya lo imaginaba». Le llevó al comedor y almorzaron juntos en silencio; luego dejó que descansara en la cama de invitados. Al despertar, preguntó si pensaba llamar a la policía. Rejas contestó que la policía francesa no le desagradaba tanto como la española pero que, aun así, no tenía la mínima intención de hacerlo. También preguntó si vivía solo. Rejas volvió a introducir a su ex mujer en el relato.



El hombre se vació los bolsillos y dejó un par de billetes de cinco mil sobre la mesa. «Necesito que me aloje unos días en su casa. Estos son todos mis bienes». El profesor lo miró fijamente y decretó que tenía un aire a Julio Cortázar, por la barba, principalmente. El hombre rio con una voz profunda y dijo que era escritor, aunque no le gustaba utilizar esa palabra. Desde entonces y durante los cuarenta días que pasó escondido en su casa, Rejas afirma que únicamente hablaron de literatura. Sarrionandia era un apasionado de T. S. Eliot y el profesor conocía o había inventado decenas de anécdotas hilarantes sobre el autor. En cierta ocasión le pidió permiso para anotar una de ellas.

Anochecía a las cinco de la tarde y tuvieron tiempo para hablar de Herbert Marcuse y sus ideas hegelianas, de Nabokov, Lagerkvist y también de Gabriel Aresti. Durante una de aquellas charlas, Sarri le preguntó al profesor si era consciente del motivo por el que estaba allí. El profesor se limitó a contestar que era viejo pero no imbécil. «Me escapé de la cárcel metido en unos altavoces», dijo él. Aquello le resultó de lo más novelesco y así se lo hizo saber.

Por supuesto, nunca le dijo adónde iría ni cuándo pensaba escapar de aquel refugio, pero una mañana no lo encontró leyendo enredado entre las ramas de la higuera, como acostumbraba, y supo que se había ido. Semanas más tarde recibió una carta con matasellos uruguayo, que lejos de aportar detalles físicos sobre su persona continuaba con cierta polémica sobre el arte de escribir que habían mantenido en sus tertulias.



ENTREVISTA CON ASIER ETXEBERRIA
En *Cinco escritores vascos.* Alberdania, 2002, página 25

—*Nunca he tomado la decisión de ser escritor. Cuando di mis primeros pasos, escribir no se tenía por un oficio; yo era estudiante, y la escritura, una forma más con la que la militancia generosa de aquella época abordaba los campos de la política y de la cultura. Desde algunas perspectivas profesionales actuales, quizá se recuerde aquella militancia como un sacrificio, e incluso dé lástima, pero vivíamos felices como los amantes sin dinero. Luego seguí escribiendo en la cárcel, era presidiario de profesión y escribía para olvidar un poco aquello. Y después, de nuevo libre, de alguna manera libre, no he tenido más remedio que ser fugitivo de profesión y nada ha estado ni está más presente en mi vida que la escritura.*

—¿Sabe? Esas historias que ha contado me recuerdan a la obsesión que le entró a mi madre con los asesinatos satánicos de la mujer de Polanski y compañía. Nos prohibió escuchar a los Guns N'Roses porque decía que eran seguidores de Charles Manson.

—Bueno. En *The spaghetti incident* incluyen... canción escrita... por Manson.

—¿En serio? ¿Está seguro?

—Sí. Claro.

—¡Ay, joder! ¡Así que la vieja tenía algo de razón! No vea qué obsesión le entró con aquello. A mi hermano le tiró los discos a la basura. ¡Qué increíble! Es que era la época de Marilyn Manson y de aquel niño que asesinó a sus padres con una catana. Estaba completamente aterrada, la pobre mujer. Y usted ¿cómo es que parece reportero de la *Rolling Stone*?



—Qué dice...

—Era una broma. Es que me sorprende. Pensaba que los profesores de piano solo escuchan discos de Barenboim.

—Y la radio. Como todos.

Dylan, al igual que el profesor, llevaba un horario estricto que ocupaba todas sus tardes. Mientras Rejas escribía en el despacho —a veces le oían cantar con un tono quebrado digno de Tom Waits—, él estudiaba sus lecciones de piano y avanzaba en el discurso. Resolvía asuntos como el significado simbólico que podría adquirir la tesitura en su nuevo código y también buscaba un nombre para bautizarlo. Aunque el profesor no se había reunido formalmente con él para discutir su proyecto de idioma musical, intuía que eso estaba a punto de suceder y quería que todo estuviese perfectamente preparado.

Mientras tanto, la espera se volvía emocionante gracias a Estelle, que una tarde apareció en la sala de los cojines y se sentó a oírle tocar. Estaba de espaldas a él y Dylan vio sus piernas reflejadas en la caja del piano. Cambió su repertorio para complacerla. Se permitió alguna variación en la *Rhapsody in blue* de Gershwin que hizo sonreír a Estelle y luego cambió a un preludio de Debussy para más tarde regresar a Gershwin, con un tema que nunca podría separar de la voz de Ella Fitzgerald y que era una de las pocas canciones que le recordaban directamente a su madre.

Estelle conocía la canción y tarareaba la melodía sin atreverse a elevar la voz, siempre entrecortada por las caladas que le daba al cigarrillo. Aquello le dio una idea e improvisó un puente basado en las primeras notas que da el bajo en la canción *I walk the line* de Johnny Cash. Construyó infinidad de líneas melódicas sobre la idea principal y luego las fue eliminando, una a una, hasta que solo su muñeca izquierda se agitaba en la zona baja del teclado marcando el intro de la canción. Con la mano que le quedaba libre hizo un gesto para pedirle a Estelle que se acercara. «¡No pienso cantar!», exclamó asustada, pero pronto estaba junto a él y si Dylan miraba al frente se encontraba ahora con el reflejo distorsionado de sus pechos en el contrachapado brillante del piano.



Él mismo le indicó el tono y comenzaron a cantar. La voz de Estelle era muy dulce y ronca y grave al mismo tiempo. Nunca antes había escuchado Dylan cantar así a alguien. Constantemente quería girarse y observar lo que ocurría con sus labios y sus ojos. Medir la tensión que mantenían sus dedos mientras cantaba de esa manera. Algo especial tenía que estar ocurriendo con ella, pensaba Dylan. Cuando acabó la canción era demasiado tarde para comprobarlo porque Estelle había vuelto a ser risueña y leve. «¡Qué divertido! ¿Qué más sabes tocar?».

Había descubierto un buen entretenimiento en el repertorio musical de Dylan, que la acompañó en canciones de los Beatles, Billy Joel, Bruce Springsteen y alguno de los pocos temas que conocía de los cantautores españoles que a Estelle le gustaban. Estuvieron jugando durante horas a identificar los temas que Dylan camuflaba con armonías y ritmos extravagantes y Estelle bailó a grandes zancadas por la sala, pero en ningún instante volvió a ocurrir algo semejante a lo de Johnny Cash. «Mi padre tenía razón —dijo ella—. Me vas a entretener muchísimo este verano».

Dylan no entendió por qué decía aquello y sonrió satisfecho.



—Es genial. Seguro que es uno de esos ganadores crónicos del Trivial. Yo tengo una memoria horrible, ¿sabe? De hecho, mañana no me acordaré de la mitad de esta conversación. Venga, ¡cuénteme más anécdotas!

—No sé... qué... qué le podría. Interesar.

—Pues, así, para ponerle a prueba: dígame algo sobre la canción que está sonando. ¿La conoce?

—Claro. Eric Clapton. En memoria de su hijo.

—¿En memoria? ¿Se murió el niño?

—Sí. Por la ventana. Cayó.

—¡Oh, no! ¡Qué mal! Por cierto, ¿qué ha pasado con el rugbi?

—Han quitado. Sonido.

—Ah, genial. Igual es que están en el medio tiempo. Si estuviera aquí Aurelio seguro que se estaría quejando. Le encanta ver a esos bestias placándose.

—Mejor pido... otras... cervezas.

—Sí, muchas gracias.

Aquel año la casera no les renovó el contrato de alquiler. Había muerto de vieja, sin demasiada tragedia, y los familiares tenían prisa por vender el piso y repartirse el dinero. De la noche a la mañana se vieron en la calle. Aurelio vendió sus libros y gran parte de sus discos en una tienda de segunda mano en la calle Fuencarral. Julia volvió a casa de sus padres. Al parecer, Madrid se había vuelto horriblemente caro durante aquellos cinco años en los que la señora Ifigenia no les había subido el alquiler.

De manera provisional, Aurelio se mudó a una okupa en la carretera de Toledo y la madre de Julia se prestó a acogerla hasta que terminara la universidad. Ella recuerda aquellos meses como los mejores que ha vivido junto a Aurelio.



Esperaba con ansiedad el sonido del teléfono. Una vez fueron al teatro. Era una obra subvencionada por la Comunidad de Madrid en la que los actores aparecían ahorcados de un árbol y se comunicaban mediante movimientos espasmódicos. No llegó a entender de qué trataba, pero fue agradable disfrutar de las luces apagadas y de la cercanía de Aurelio. Julia sentía que estaban retomando una etapa de su relación que habían pasado por alto, volviendo a los comienzos. Todos los fantasmas que inundaban la antigua casa parecían sepultados, como si lo que entonces era de vital importancia fuese ahora una simple anécdota.

Al principio el cambio también fue bueno para Aurelio. Se aliviaron sus culpas y pudo beber tranquilo. Sin embargo, parecía difícil retomar sus estudios en aquel antiguo motel de carretera, con el ruido de la autopista, que hacía vibrar los cristales de las ventanas, y sus compañeros de piso, un grupo de comunistas cocainómanos que se dedicaban a convocar reuniones de partido que siempre acababan en el más absoluto caos.

Secretamente le avergonzaba que Julia, siendo diez años menor, fuera a terminar su carrera antes que él. Había inventado una especie de rivalidad entre ambos que constituyó su única motivación durante aquellos meses. En junio de aquel año Aurelio volvió a la universidad y aprobó dos de las tres asignaturas que le quedaban pendientes. Aquel hombrecillo cabizbajo con el que había compartido whisky en cierta ocasión convenció al rector para que hiciese funcionar la ley compensatoria y obtuvo el título de licenciado antes que Julia. Ella dejó la universidad en septiembre y para entonces su madre ya le había encontrado trabajo y un ático individual en Lavapiés.

# OCHO

ESTELLE ERA UNA FANÁTICA DE MADONNA. LE GUSTABA EL VESTIDO rosa de *Material girl* y pensaba teñirse el pelo en cuanto llegara a París. Dylan protestó e intentó hacerle entender que su pelo ya era rubio. «Mi amiga Juliette tiene televisión por cable y suelo ir a su casa a ver la MTV. ¿Sabes lo que es la MTV?». Dylan dijo que no y el profesor se incorporó a la conversación. «Estamos ante el resurgimiento del dadaísmo, hijo. La MTV es la evolución tecnológica de los *collages* acústicos. Ahora la música se vuelve visual como pretendía ese fumador mal educado de John Cage».



Estelle puso los ojos en blanco y fingió no haberle escuchado. «Hay vídeos musicales extrañísimos. No se trata de una cámara fija grabando en concierto. ¿Conoces la canción de Eurythmics *Sweet dreams*?». Dylan asintió, la había escuchado en la radio, y Estelle le describió una reunión de empresa con ordenadores, pantallas dentro de la pantalla, una vaca que aparece junto al ejecutivo sin mayor explicación, primer plano de los ojos de la cantante, vuelta a un prado, el globo terráqueo. Aquello era un videoclip.

«Ahora la música es solo un elemento más dentro del paquete que venden las multinacionales. Ya nadie hace música por la música», dijo el profesor tristemente. Estelle se retorcía nerviosa en su asiento y Dylan tardaba en entender qué relación había entre Madonna, Tristan Tzara y la Music Television. «*Aita,* deja de enredarlo todo. ¿Qué tiene de malo que las cosas cambien? Eres un retrógrado». Al tomar la servilleta para secarse los labios derribó la copa de vino y el mantel se tiñó de violeta. «¿Por qué no le hablas a Dylan de ese nuevo invento yanqui, el de los pandilleros que cantan como Louis Jordan con un ruido horrible de fondo?».



Estelle resopló. Había mantenido aquella conversación alrededor de veinte veces desde que Rejas escuchara por primera vez y con horror al Grandmaster Flash en su propia casa. «Deberías ir acostumbrándote, *aita,* porque el rap se va a hacer muy popular en Francia». Ella los había descubierto a través de la retransmisión del Virgin Tour de Madonna, donde actuaban de teloneros los Beastie Boys. Le gustaron sus letras y los destrozos que originaban en el escenario, pero la fuerte presencia de sus raíces roqueras los hacía muy parecidos a otros grupos de hard rock que habían explotado una imagen más alternativa. «¿Y sabes por qué? Porque el rap emerge de los barrios de mierda para contar a los burgueses como tú lo que ocurre, la verdad. *Et la France est pleine de merde!*».

Era casi un deber moral, como seguidora de Madonna, comprar el disco de los Beastie Boys, y cuando acudió a la tienda de discos preguntando por ellos encontró un pequeño rincón dedicado en exclusiva al hip-hop. Si ya tenían nombre, y familia, la mitad del trabajo estaba hecho. Dylan aún no había logrado bautizar su proyecto, que cada día era más amplio e indefinido en sus formas, porque aquellas discusiones de sobremesa y también Estelle parecían formar parte del cometido de su viaje.

## Réplica

*Me siento obligado a matizar un concepto que la señora De la Cruz introdujo en su artículo «Música para acomodadores», publicado en este suplemento la semana pasada. En él, explicaba la estructura de la música popular por la necesidad de los receptores de simplificar el mundo a su mínima expresión. A-B-A: Principio, desarrollo y final, ambos, ser y dejar de ser, entendidos como una misma cosa.*

*Cierto es que esta estructura binaria, la más simple de las formas musicales, abarca gran parte de la denominada música popular, y encuentro interesante la preocupación de la autora por tratar de indagar en el porqué de la predilección del «público raso» por la misma. Sin embargo, considero demasiado simplista su visión del fenómeno. No estamos acostumbrados a encontrar un punto de partida que se corresponda con el final; nos han entrenado para buscar motivos de repetición en todo cuanto escuchamos. He aquí el verdadero sentido de las formas musicales y de nuestro oído, o del entrenamiento evolutivo del mismo.*

*Si no estuviese dando respuesta a un texto que habla de la música imitando a la vida, o viceversa, diría que el fenómeno es sencillo de explicar: asumimos patrones por repetición. Lo memorizado se vuelve conocido y nuestro gusto tiene predilección por lo cercano. Las canciones de los Beatles las reconocemos por el estribillo.*

*Dado el caso, me atreveré a ir más lejos: tengo la impresión de que la autora nos atribuye una concepción existencialista en la que todos somos Ana Karenina. Comenzamos en una estación de tren donde alguien ha sido arrollado y terminamos arrojándonos a las vías. A mi parecer, esto resulta excesivo. Prueba de ello es que no consideramos esta pre-*

*destinación como la base del canon literario. ¿Por qué no ocurre lo mismo con la música?*

*La única explicación que se me ocurre es que el tiempo que le concedemos a una canción es ínfimamente menor al que se otorga a una novela. Si partimos de la premisa de que inconscientemente siempre buscamos repeticiones, por sutiles que sean, en todo cuanto interiorizamos como emulación de la vida, en una novela hay más oportunidades de recrear esta idea circular que en las canciones.*



*En literatura no es necesario que Werther comience hablando de suicidio para que aceptemos su final; nos contentamos con que reincida en su desesperación romántica y desorbitada a lo largo de la novela. Pero en una canción, cuyo contenido temático suele tener menos peso, exigimos una repetición estructural rigurosa, necesitamos un estribillo.*

*De la Cruz dice: «Polvo eres y en polvo te convertirás». Opino que siempre tropezamos con la misma piedra, que nuestro cerebro, de hecho, está diseñado para descubrir esas reincidencias que forman parte del ser humano. Y de ahí las canciones, pensadas para reconocernos en al menos una de sus notas. Sostengo que nos hacen sentir importantes porque conservamos la intuición de que* Yesterday *no sonaría igual si no la hubiesen escuchado millones de personas. Y por supuesto, un servidor se encuentra entre ellas.*

—Deberíamos pedir algo para picar. ¿Qué le apetece?

—No sé.

—¿Unos bocadillos? Aquí no creo que sirvan mucho más, aunque hay un restaurante en esta misma calle donde ponen un pescado frito increíble. Tengo un amigo que estuvo allí trabajando de pinche de cocina y dice que de lo mejorcito que ha visto, limpio y con productos de calidad. Claro que igual están cerrando. Es más de medianoche. Pero... bueno. ¡Qué tonta! Ni siquiera le he preguntado qué planes tiene, ¿verdad? Disculpe. Seguro que lo están esperando en casa...

—No prisa.

—¿En serio? Ah... ¡Eso es estupendo! No quiero que se vaya, la verdad. Me lo estoy pasando estupendamente.

—Un bocadillo. Suficiente.

—Claro. Iré a pedir la carta. 

Tras aquella breve discusión entre el profesor y Estelle, cenaron sin decir palabra y cada uno se retiró a su cuarto. A Dylan le pareció que había sido mayor la tensión provocada por el silencio de Estelle que la del significado de sus palabras. Aquella era la primera vez que un silencio le resultaba incómodo. Por algún motivo, Estelle dejaba de ser Estelle cuando no hablaba. Dylan era incapaz de intuir sus pensamientos y aquello le suponía una tortura comparable a la de sus problemas de expresión. Por muy inaccesible que ella se volviera para el mundo, él siempre estaría un peldaño por detrás; nunca sabría de ella más de lo que voluntariamente decidiera mostrarle.

Había salido al balcón para airearse y vio que había luz en la habitación de ella. Se escuchaba un sonido extraño, de grillos y luciérnagas. Tal vez el tumulto del verdadero silencio en los oídos. Era un zumbido rítmico que lo inquietaba. En Madrid era imposible reparar en ello. Imaginó París y supuso que las noches en la gran ciudad tampoco serían silenciosas. Había visto fotos de los Campos Elíseos en el álbum de Miguel y Emilia. Su madre estaba embarazada y parecía feliz frente al Arco del Triunfo; con la mano sujetaba una boina muy francesa y parecía iluminada por focos ocultos en las fachadas. Cada esquina se veía luminosa y era imposible concretar a qué hora del día había sido tomada la imagen. Cuando pensaba en París imaginaba a sus padres, ahora también a Estelle, y una ciudad sin noche, con una atmósfera brillante, como de pasarela de cine, que se alargaba durante todo el día.

Se preguntó qué estaría haciendo su padre en ese instante, tan abandonado con sus discos en el piso de Madrid, y tuvo ganas de llamarlo por teléfono para preguntarle cosas sobre su viaje de bodas, sobre la ciudad y la torre Eiffel.



Llevaba casi tres semanas en aquel lugar cuando, un día, tocaron a la puerta. Estelle irrumpió en la habitación antes de que él la invitara a pasar. «Ven conmigo —dijo—, quiero enseñarte una cosa». Hicieron crujir el suelo del pasillo y entraron en su dormitorio. Era exactamente igual al de Dylan pero con las paredes llenas de fotografías de Madonna, un póster de *Pesadilla en Elm Street* y el descomunal reproductor de música negro que ocupaba dos estanterías de libros.

Dylan había oído hablar de ellos pero aquella era la primera vez que veía un *compact disc.* Cogió el *Brothers in arms,* que ya había escuchado varias veces en vinilo. Giró el disco entre sus manos y vio cómo se reflectaba la luz sobre la capa de platino. Salían colores violetas.

Estelle también tenía los valses de Chopin en aquel formato, interpretados por el pianista chileno Claudio Arrau. Prefirieron escuchar a Dire Straits y la idea de compartir aquel disco junto a Estelle le pareció a Dylan emocionante. Presionó un botón y la tapa de la disquetera se abrió bruscamente. Sonaron unos golpes secos mientras el reproductor reconocía el disco y comenzaron los primeros acordes de *So far away.* Estelle dijo: «Mataría por una copa de vino».

—Me inquietaba que tuviera que irse, ¿sabe? Es que no tengo ninguna gana de volver a casa esta noche y tampoco quiero quedarme sola por los bares. ¡Hacía tanto que no me ocurría! Querer seguir despierta hasta que amanezca... Pensé que me estaba haciendo vieja antes de tiempo.

—Me gusta... noche.

—¿La noche, dice? ¿En general?

—Sí. Aunque... tiene pegas.

—Si se refiere a la hora de cierre, conozco muchos garitos que abren hasta el mediodía.

—No... El ruido. De noche. No se puede...

—¿Cómo? ¿Qué es lo que no se puede? Perdone que no le entienda, empiezo a estar un poco lenta.

—Muchas veces... quiero. Pero... no podría. Tocar piano. De madrugada.

—¡Ah! Ya entiendo. Es cierto que vivimos en sociedades superdiurnas. Todavía hay poca gente que trabaja de noche, así que la ciudad no está preparada para nosotros. Un amigo de Aurelio estuvo hace poco en Estados Unidos y dice que allí las ciudades abren las veinticuatro horas del día, ¿sabe? Cuando la mitad de la ciudad se acuesta, despierta la otra parte.

—Cierto. Desagradable España.

A Julia le gustaba la precisión milimétrica con la que se habían aprovechado los veinticinco metros cuadrados en los que vivía. Cada objeto ocupaba un espacio concreto y gran parte de los muebles y electrodomésticos eran plegables, de manera que el apartamento tenía una doble cara; estaba en constante cambio. Le recordaba a la casita de muñecas de su infancia. Y la escalera de madera gruesa que daba a la buhardilla donde estaba su cama era como de biblioteca antigua. Aquel acogedor minimalismo resultaba perfecto para vivir sola.



Se acostumbró realmente rápido a la libertad del espacio propio, a los horarios propios, al silencio —por fin silencio, había tirado a la basura el único reproductor musical que tenía— y, en definitiva, al control de los detalles, ahora que todo cuanto la rodeaba era únicamente suyo.

Había llegado a apreciar tanto aquel espacio que la presencia de Aurelio en el apartamento comenzó a incomodarla. Restringió sus visitas a un día por semana. Los no-miércoles se encontraban en un pub-restaurante vegetariano con pipas de marihuana que Julia visitaba al salir del trabajo. Aurelio echaba en falta el sexo como antes, cuando vivían juntos y veían televisión y dormían en la misma cama.

Una de aquellas noches que semanalmente recordaban a las noches del pasado Aurelio habló de una entrevista de trabajo. La ciudad se estaba llenando de academias para aprender inglés, aunque él estaba seguro de que el chino era el idioma del futuro.

Hasta que comenzó a trabajar en la empresa de cementos, la música de Aurelio era el peor ruido que Julia podía tolerar. La cantera estaba lejos del despacho; había que atravesar las naves industriales y subir por una cuesta de arcilla húmeda en la que siempre derrapaban las ruedas del coche. Aun así, desde el edificio administrativo en el que recibían visitas de empresarios japoneses y excursiones de instituto, podían escucharse las detonaciones y el constante ir y venir de camiones, grúas y voces de los obreros que manipulan dinamita.

Una tarde de mucho viento, cuando Julia llevaba un par de semanas trabajando allí, todo quedó suspendido con los gritos de auxilio de un hombre sepultado por bidones de cemento. Murió en unas horas. Pero su oficina era bonita, entraba mucha luz por las ventanas y las vistas daban a la parte no explotada del bosque. En cualquier caso, cambiaron sus conceptos en tanto que las definiciones de ruido, silencio y música adquirieron importancia en la vida de Julia.



Aquellos matices, que podían considerarse valores auditivos, sensoriales o mera abstracción, simbolizaban la tripartición de su tiempo entre el trabajo, su apartamento y Aurelio. Aurelio en el plano intermedio, entre el ruido y el silencio.

Se le ocurrió matricularse en clases de piano de una manera impulsiva. Caminaba bajo el edificio de la academia y escuchó una melodía muy simple y aguda que le recordó a las radionovelas de su infancia. Se acordó de su madre pintándose las uñas en la cocina mientras escuchaba la historia de un soldado que volvía de la guerra con todos los miembros amputados.

Entró en secretaría y rellenó el impreso.

—Pues le haré... confesión.

—¡Ay, sí! ¡Por favor! Cuénteme.

—A veces me escondo. En academia.

—¡Qué miedo! Y ahora le entra la risa... Tenga cuidado con lo que me cuenta, ¿eh? Que soy joven e impresionable.

—Ya. Claro.

—Entenderé que no ha habido ironía en eso. Venga, explíqueme qué hace escondido en la academia.

—De noche. Con cerveza. Y piano.

—¡Oh, increíble! ¿Engaña usted a su pobre secretaria enamorada para tocar el piano borracho?

—Y de madrugada.

—¡Ah, claro! Ya entiendo. Solo sabe divertirse en una sala insonorizada, ¿no?



—Sabía que... haría gracia.

—Por supuesto. Es la especie de «placer oculto» más extraño que me ha confesado nadie. Y eso que tuve un amigo al que le gustaba saltar la verja del cementerio del pueblo, con sus novias.

—Eso... perversión.

—Ya. Supongo que no es lo mismo.

«Mataría por una copa de vino», había dicho Estelle mientras escuchaban la guitarra de Mark Knopfler sentados en el suelo del dormitorio. Dylan inspeccionaba su colección de vinilos, algo de Janis Joplin, Bruce Springsteen, el primer álbum de Beastie Boys y mucha música francesa que no había escuchado. De repente recordó las dos botellas de vino que Miguel le había preparado como presente para el profesor Rejas, guardadas aún en el bolsillo interno de la maleta. Sin decir nada, salió del dormitorio mientras Estelle, junto al reproductor, manipulaba las pistas del álbum. Aquella posibilidad había dejado boquiabierto a Dylan, después de tantos años adivinando la marca exacta en los vinilos y rebobinando casetes que siempre acababan por engancharse.

Cuando regresó con el vino, Estelle se estaba cambiando de ropa y pudo ver su espalda completamente desnuda durante unos segundos, una espalda larga y estrecha con la espina dorsal muy sumergida, como si no existiera. «Me estaba poniendo el pijama —dijo ella—, pensé que no volverías». Reparó en las botellas y abrió exageradamente los ojos. «*Merveilleux!*», exclamó, y comenzó a buscar un abridor en los cajones de su armario. Mientras tanto, Dylan seguía absurdamente quieto, asiendo con fuerza las botellas hasta que sus manos dejaron de temblar.



Estelle las descorchó con maestría, muy delicadamente y valiéndose de una sola mano. «La educación no se hereda, ¡se conquista! —dijo divertida—. Ahora debería limpiar la boca de la botella para eliminar posibles restos de corcho y servir una pequeña porción en copa auxiliar, por si hubiera briznas de corte, caídas al descorchar. —Se acercó a Dylan y le entregó una de las botellas—. Pero ni siquiera tenemos copas, ¿verdad?». Hicieron un brindis y bebieron a morro con los ojos cerrados.

Estelle había seleccionado el cuarto tema —aparecía un número cuatro en la pantalla del reproductor— y recitaba en un tono muy grave las estrofas de la canción. «All the late night bargains have been struck», decía. Dylan sintió curiosidad por saber cuántos idiomas hablaba. «Uno por cada país en el que he vivido —contestó ella—. El inglés solo me alcanza para entender canciones de Madonna». Bebía a gran velocidad y se le tintaban los labios del color violeta del vino. Dylan apretaba las mandíbulas para soportar la acidez que le quemaba la garganta a cada trago y, de alguna manera, conseguía mantener el ritmo.

Estelle hablaba más que nunca y preguntó por su proyecto. «Solo... solo quiero hacer las cosas... más fáciles», dijo Dylan, y ella pareció entender. «No es tan descabellado intentar que alguien comprenda lo que sientes mediante canciones. Para eso están». El disco había finalizado con la atmósfera envolvente de *Brothers in arms:* la Fender, los acordes prolongados del organillo y una orquesta de cuerda amortiguada. Se quedaron en silencio unos instantes —todo el mundo guarda silencio tras escuchar esta canción—.



Luego Estelle se levantó a cambiar de disco y cayó redonda al suelo. Sus carcajadas se mezclaron con las de Dylan cuando este comprendió que seguía intacta y le tendió una mano para ayudarla a incorporarse. Él tampoco se sentía muy estable y no opuso resistencia cuando Estelle tiró fuertemente del brazo que le ofrecía para obligarlo a caer sobre ella. Estaban los dos en el suelo y Dylan podría haber rozado su cabello rubio-negro con solo alargar los dedos. En lugar de eso trató de ahogar sus carcajadas cubriéndole los labios con la palma de la mano. «Vas a despertar a tu padre», dijo. Ella paró de reír. Seguía sintiendo las yemas de Dylan sobre sus labios y logró apresar uno de sus dedos. Lo mordió con fuerza y él gritó, desconcertado. «¿Te he hecho daño?». Dylan seguía confuso y ahora se arrepentía de no haber rozado su pelo. «Y si te arrancara un dedo, ¿qué harías?». Era incapaz de contestar preguntas mientras ella recorría con la lengua cada uno de los dedos de su mano izquierda. «¿Qué harías si no pudieras tocar el piano?».

Comenzó a respirar entrecortadamente. Ella estaba muy cerca de sus ojos, pero el alcohol no le dejaba enfocarla con detalle. Recuperó la mano secuestrada y le agarró con fuerza el cabello, recogiéndolo en su nuca. Así podía mover su rostro como si estuviera sujeta por hilos de marioneta. Llevaba un jersey largo de hilo que Dylan recordaba haberle visto a Nancy Sinatra en la portada de alguno de sus discos. Ella se quitó las bragas y desbocó el escote del vestido, pero aquella noche no llegó a quitárselo del todo.

—Vaya... ¿Sabe?, no paro de pensar que soy una imbécil. Aquí estoy, feliz de haberle encontrado, pero si no hubiera sido por esto, por casualidad, ni habría intentado volver a verle. Y no porque no me importe... Es que una se mete en la rutina y de repente, todo lo que se escape de ella es como si desapareciera. Tiene que darme su teléfono, o su *mail.* No pienso dejar que vuelva a pasar.



—De acuerdo.

—¿Tiene Messenger?

—No.

—Vaya. ¿Cuenta de *e-mail?*

—Tampoco. No uso... ordenador.

—¿En serio? ¿Nunca? ¿Ni siquiera en el trabajo?

—No.

—¡Esto sí que es sorprendente! ¡Pero si se está perdiendo la mitad de lo que el mundo tiene de accesible!

—Podría decirle. Lo mismo. Ha dejado... piano.

—A ver..., no se enfade, se lo decía con buena intención. Entienda que es... extraño. Hoy en día hasta los ancianos usan Internet.

—Igual entonces... de viejo... tendré *mail.*

—Está bien, está bien. Aquí tiene mi número de teléfono.

A la mañana siguiente Estelle no se levantó a desayunar y Dylan masticó sus tostadas con la vista clavada en el plato; le pareció que el profesor estaba más silencioso que de costumbre y aquello desató diversas teorías que tendían a la paranoia. Dejó la mesa con cierta precipitación y antes de subir a su cuarto el profesor le dijo que Miguel había llamado. «Cuándo», preguntó. «Ayer por la noche, le dije que estabas acostado». Se atrevió a mirarlo directamente a los ojos y no hubiera podido saber si aquella frase estaba limpia de implicaciones, pero encontró la sonrisa bonachona de siempre y se sintió más tranquilo. «Hijo, hoy estás raro como nunca».



Lo acompañó a su despacho, donde llevaba horas sonando un disco de Roy Orbison, y marcó una decena de números hasta obtener línea al otro lado del teléfono. Luego bajó el volumen del tocadiscos y lo dejó solo con el auricular en las manos, frente a una mesa llena de ceniceros, folios desordenados y un par de libros de astrología.

Ya era la tercera vez que hablaba con Miguel por teléfono y aun así no podía abstraerse de la extrañeza de su voz en la distancia. Tenía la sensación de estar hablando con una versión envejecida de su padre, como si en Madrid hubiesen transcurrido veinte años en aquel tiempo y el cable lo comunicara con el futuro. Realmente, no era tan descabellado imaginar que aquellas semanas pudieran haberse dilatado para engullir lo que eran años en su vida cotidiana.

Le habría gustado explicarle esta teoría a su padre, pero le dijo «quétal» y él contestó «bien»; qué absurdo, como si una palabra tan corta pudiera contener tantísimos años comprimidos en semanas. «Ha llegado *la* carta —dijo, sin saber que Dylan había perdido cercanía con *la carta* y debía especificar de qué se trataba—. Tienes que venir a Madrid a hacer una última prueba ante el jurado, pero la secretaria me ha dicho que es solo un trámite, que está casi segura de que te concederán la beca. ¿Dylan, me escuchas?». «Te escucho», contestó él.

Previendo de alguna manera lo que se avecinaba, alargó el brazo hasta el reproductor y subió el volumen de Roy Orbison. «Tienes que estar aquí el martes, deberías partir mañana o pasado, a mucho tardar». La voz de su padre se fue haciendo cada vez más lejana. A estas alturas, Dylan lo imaginaba en conferencia transatlántica. Sonaba *Crying* con esa placidez de las antiguas orquestas de cabaré europeas. Aquella canción debía de haberla bailado Estelle siendo muy pequeña, girando sobre sí misma con un vestido blanco y con vuelo. «No voy a ir. Tengo cosas que hacer». Sin duda, la había imaginado bailando aquella noche, cuando se doblaba sobre sí misma y también cuando al cerrar los ojos el alcohol hacía que siguieran dando vueltas, abrazados como en un salón de baile.



Por fin colgó el teléfono y salió a encontrarse con el profesor Rejas. «¿Novedades?». «Todo en orden». Hasta entonces no había sentido el ardor de estómago ni esa bruma que se había instalado ante sus ojos como si aún siguiera soñando. Tropezó al subir las escaleras y durmió con zapatos y sudadera hasta la hora de la cena.

Algo sobre el error de Dylan. La contraposición entre pasado y presente. Admiramos su error en toda su dimensión porque podemos ver en qué ha degenerado.

—Pruebe el de serrano con queso. Está riquísimo.

—Sí. Hambre.

—¿Se acuerda de *Los cinco,* esos libros de Enid Blyton? Los críos siempre merendaban unos bocadillos gigantescos de jamón serrano. Es lo único que recuerdo haber leído de niña y siempre me entraba un hambre horrible. En mi casa había salchichón. Y no siempre. Qué curioso. Creo que llegué a odiar a esos niños con toda mi envidia insana y seguía leyendo sus libros con la esperanza de que alguna vez les pasara algo malo, pero... qué va. Eran como Piolín, ¿sabe? También Piolín me ataca los nervios. Aún espero que llegue a ser digerido por el gato.



—De niño... poca tele. No vi Piolín.

—¿En serio? Pues no sabe la suerte que tiene. Es un pajarraco repugnante. En los noventa emitían una serie a diario que se titulaba *Los misterios de Piolín y Silvestre.* Imagínese. La verdad es que yo veía cualquier cosa. Mamá nos sentaba a mi hermano y a mí en el sofá, ponía el televisor y ahí nos dejaba, durante horas. Creo que mi primera peli porno la vi con nueve años, cuando empezaron a retransmitirlas de madrugada en la cadena local.

—Vaya. Sus padres... trabajaban... noche.

—Ah, no. Es que mi madre tenía una vida social ajetreada. Nos tuvo siendo muy joven, ¿sabe? Creo que mi hermano nació cuando ella tenía diecisiete o dieciocho. Así que, de repente, a los treinta años se dio cuenta de que mi hermano ya podía cuidar de mí y le entraron ganas de conocer salas de fiestas.

Durante años, las paredes de mi habitación estuvieron adornadas con varias pancartas políticas que robaba, al final de las manifestaciones, con fines decorativos. El único de aquellos pósteres por el que pagué dinero fue el de la portada del primer disco de Rage Against the Machine que ilustraba la inmolación de Thich Quang Duc, el monje budista que se prendió fuego en plena calle para protestar por la represión, liderada por el primer ministro Ngo Dinh Diem, que se estaba llevando a cabo en contra de la religión budista. Pensé que se trataba de un fotomontaje.

Lo colgué frente a la cama y tras varios años mirándolo fijamente comencé a ver rostros humanos, en tres dimensiones, escondidos en el fuego que escapaba de las túnicas incendiadas del monje. Había que hacer un gran esfuerzo visual para encontrar las figuras, pero una vez focalizada la atención se distinguían con todo lujo de detalles. Eran aterradoras.



Yo había pensado que aquella imagen era fruto del Photoshop porque es la respuesta que los niños de los noventa le damos a todo aquello que resulta demasiado fantasioso o brutal para ser cierto. De pronto, las imágenes ficticias que mi cerebro había reconstruido eran más reales que la evidencia histórica del hombre consumiéndose lentamente. Aquella fue una de las primeras veces en las que reflexioné sobre la posibilidad de que verdad y ficción fueran conceptos atribuibles a un grado determinado de conocimiento.

—Su padre. No dice...

—¿Cómo que mi padre? No he hablado de él.

—Ya. Eso. Por qué.

—Bueno. Era marino y no volvió de uno de sus viajes.

—Oh. Murió.

—No, qué va. Conoció a una indígena allá por Sudamérica. Bueno, eso dice mi madre, aunque la verdad es que nunca volvió para decírnoslo en persona. Pero sigue vivo, de eso no hay duda porque a veces manda cartas de esas que llegan con cinco meses de retraso.

—Lo siento.

—No tiene por qué. Si hoy en día es la cosa más normal del mundo... Resulta que los hombres de este país han aprovechado la libertad posfranquista para volverse homosexuales o para abandonar a sus familias. Y conste que no tengo nada contra los homosexuales, ¿eh? Es solo que las estadísticas abruman.



—Exagera.

—Usted no, ¿verdad?

—No maricón. No divorciado.

—¡Estupendo! ¡Increíble! Es usted un gran partido.

Pese al gran futuro del chino mandarín, pese al terrorismo islámico que disparaba la demanda de traductores de árabe y pese a todos sus temores, Aurelio firmó contrato con una academia de idiomas para adultos. No hay que decir que este detalle agradó a Julia, quien automáticamente logró visualizarlo jugando al dominó fonético con un grupo de ancianos del Imserso.

Aquella noche salieron a celebrar la noticia y a Julia le pareció que había algo distinto y extrañamente desagradable en la manera en que fumaba sus cigarrillos. Los sujetaba con el pulgar y hacía un ademán despectivo cuando apartaba la boquilla de sus labios. Le pareció extraño el cambio.

Extraño y decididamente absurdo, porque las personas tienen voluntad de cambio, pero ¿quién se propone alterar una costumbre tan insignificante como el gesto con el que se lleva los cigarrillos a la boca? Debía de tratarse de un error, algo en lo que no había reparado hasta entonces, pero cabía la posibilidad de que el nuevo puesto de trabajo hubiese modificado su conducta.

Estaba absorta considerando el enigma y no pudo prestar atención a los planes de Aurelio, que había colocado sobre la mesa varios anuncios de alquiler y se debatía entre una habitación extra en Getafe o un *loft* en el centro de Madrid. Reclamaba con insistencia su opinión y Julia acabó decantándose por el apartamento céntrico, sin saber que los planes de Aurelio volvían a situarlos bajo el mismo techo.



«¿Cuándo te he dicho yo que tenga intención de dejar mi piso?». Él quedó desconcertado, pues llevaba una hora hablando y aquella premisa se había dado desde el principio de la conversación. «No pienso hacer ningún cambio que no sea a mejor», dijo Julia, y consideró el tema zanjado.

Estuvieron hablando de sus nuevas clases de piano y, a medida que apuraba el vino de la cena, Aurelio volvió a animarse. Prometió que en pocos meses ahorraría para comprarle un piano. Julia señaló que antes debería encontrar una casa donde alojarlo.

—¿Y quién es la afortunada?

—Qué dice.

—Bueno, ya le he dicho que es usted un hombre de los que no hay: heterosexual y sin libro de familia. Seguro que tiene novia. No la secretaria, pero... seguro que hay alguien. ¡Ay! ¡No me mire así! Ya sabe que me pone muy nerviosa. Además, a estas alturas ya me puedo permitir hacerle este tipo de preguntas. ¿O no?

—Claro.

—Pues venga, ahora contésteme. Antes de nada, si se trata de la secretaria no tiene por qué avergonzarse, ¿vale? Me parece que podría ser muy guapa con un poco de maquillaje y medias. Es que los jerséis de punto no la favorecen nada.

—Qué graciosa.

—¡Ya se ha acabado su cerveza! Pues menos mal que no tenía costumbre de beber, porque si no igual me tumba.

—No tengo... nadie. Julia.



—¿Cómo dice?

—Estoy solo.

—Ah... Bueno..., pues igual tiene suerte. Yo ni siquiera recuerdo cómo se siente una al estar soltera. Imagínese. A veces tengo la sensación de que vine al mundo con Aurelio debajo del brazo. La verdad es que esta noche con usted es lo más parecido a estar sin él que he hecho en los últimos años.

La primera vez lo vio de espaldas. Estaba encorvado sobre el radiador e intentaba calentarse las manos. Parecía uno de esos mendigos que se agachan sobre una hoguera en la calle, en invierno. Nunca los he visto quemando periódicos para calentarse, pero así aparecen en las películas yanquis. A Julia le costó cierto esfuerzo desvincular a Dylan de esta primera imagen del indigente. Tal vez su forma de vestir le recordara al violinista rumano que tocaba en la salida del metro y siempre vestía un traje pulcro con el que seguramente debió de casarse algún día. Era un buen traje, pero la camisa blanca estaba arrugada y le quedaba demasiado larga. Además, el pelo se le desordenaba constantemente por lo mucho que agitaba la cabeza al ritmo de la música. Tanto él como Dylan parecían ejecutivos de resaca.

Sintió que lo sobresaltaba cuando se acercó a él por la espalda. Se dieron la mano y él la estrechó durante algún segundo de más. «Las uñas... cortas», dijo, y Julia se sintió desconcertada, incapaz de adivinar si era aquella una observación positiva, una recomendación o una orden, teniendo en cuenta que llevaba las uñas más bien largas. Supuso que el profesor era extranjero, por aquella entonación tan rara que parecía tender a la ambigüedad. Le sorprendió, en cualquier caso, porque aquella academia contaba con varios profesores de Europa del Este y había escuchado que antes de asignarles alumnos se les consultaba a estos si tenían algún inconveniente en que sus lecciones fueran impartidas por un inmigrante. Aquello se lo había contado una amiga, escandalizada, durante la última convención de empresas de cemento. Julia había decidido no tener opinión al respecto.



«A mi clase... con las uñas recortadas». Dylan pareció darse cuenta de la confusión y aclaró parte del misterio. Sin embargo, Julia seguía sin saber situar su acento, sin entender aquella sensación tan extraña que producían sus palabras, desapasionadas como si las hubieran exprimido. ¿Exprimido de qué? De música, seguramente; era difícil hacerse con ello.

Dylan quiso saber lo que ella pretendía conseguir del piano. Porque el piano no se empieza a tocar con veintipico años por el mismo motivo que con ocho o sesenta y cinco. Las jubiladas lo hacen por aburrimiento, los niños por capricho de los padres, para escapar de casa o por culpa de Alicia Keys. Julia descubrió que se encontraba entre ambos extremos, que a la vez pretendía escapar de casa y de la rutina de Cementos Gresola. Para Dylan inventó una historia sobre su abuela, un Schmidt de principios de siglo, buenos recuerdos y la necesidad de entender aquello que era tan importante para su pareja. La maldita música. Como en una telenovela, la esposa engañada que se pregunta: ¿qué tiene ella que no tenga yo? Así se encaraba al piano Julia, que no sabía ni el orden de las notas.



—Se aburre.

—¡Qué va! Para nada.

—En general. Digo.

—¡Vaya! Me está haciendo una pregunta personal, ¿verdad? Se refiere a mi vida, si me aburre.

—Eso es.

—Porque llevo toda la noche quejándome. Ya. Es lógico que piense así.

—Bueno.

—En fin. ¿Qué tal un cóctel?

—Claro.

—Un margarita. Es lo mejor, cuando no hay mucho que decir.

«Yo echo en falta la playa y mi padre los partidos de la Real Sociedad. Se divorciaron en 1981, después del concierto de los Clash en Anoeta. Mi madre se enamoró del técnico de sonido, que era inglés. Estuvimos un tiempo viviendo en Littlehampton, un pueblito de la costa, media hora al sur de Londres. Pero en Inglaterra las playas están llenas de guijarros. No podía estar descalza. A mi madre tampoco le gustó demasiado aquello y nos fuimos a París. El novio de mi madre estuvo de gira con los Pretenders y luego abrió una tienda en Carnaby Street. Desde entonces no hemos vuelto a saber nada más de él. Tocaba la guitarra y me enseñó los acordes de una canción de Van Morrison. Pero ya no me acuerdo. ¿Tú por qué no tocas la guitarra?».

Se habían sentado en lo alto de la higuera y Estelle hablaba con la boca llena porque ya empezaban a madurar los frutos y le encantaba arrancarlos y ensuciarse las manos con el líquido blancuzco que parecían sangrar al separarlos del árbol. Luego los comía con cansancio porque era la parte menos divertida del proceso.



Dylan se encogió de hombros y reconoció que había elegido el piano por azar, que tal vez el piano lo había elegido a él, pero que la guitarra era incómoda porque había que tocar de frente al auditorio, mirar al público a los ojos. Estelle se rio a carcajadas y lo llamó cobarde. Dylan se ruborizó y agachó la cabeza.

Alrededor de tres metros lo separaban del suelo. Sintió los labios de Estelle en el cuello y se mareó. Deslizándose entre las ramas, llegó al balcón de su cuarto mientras ella lo observaba desde la higuera. «Nos vemos a la noche», le gritó Dylan. Era su hora de ensayo. Estelle anunció que no pasaría la noche en casa. Había quedado con unos amigos en Biarritz y regresaría a la mañana siguiente.

Dylan se sintió repentinamente agotado y bajó a la cocina a preparar café.

—Si no le importa me voy a quitar un segundo los zapatos. Es que tengo una ampolla enorme en el dedo pequeño y me está matando.

—Usted misma.

—No soporto llevar traje. La primera vez que fui a trabajar así vestida me sentí otra vez en el colegio. ¿Se hace una idea? Me entrevisté con el jefe de personal sintiendo que en cualquier momento iba a aparecer una monja a reprenderme. Estoy harta de esta falda tan alta que parece una faja. ¿Sabe qué es lo peor? Que a este tipo de camisas siempre les sobran quince centímetros de largo y hay que apañárselas para esconderlos bajo la falda, que ya ve, es estrechísima.



—Pero... guapa.

—¡Ay, gracias! Qué amable. Usted también, siempre tan elegante... Pero le aseguro que tengo mejor aspecto los fines de semana. Es que no le he contado lo mejor. En mi empresa dieron un seminario sobre discriminación sexual y desde entonces hay una largura obligatoria para todas las faldas que vistamos. Está prohibido enseñar las rodillas, ¿sabe? Incluso en verano, con cuarenta grados. Así nos respetan.

1. Si duerme o está muy nerviosa succiona con el labio inferior como los niños pequeños que toman biberón.

2. Cierra los ojos para escuchar música. También cuando trata de recordar, cuando recuerda y las imágenes son tan vívidas... Cierra los ojos y comparte su mundo, se radiografía en público. Y es sencillo ver lo que ella ve.

3. Estelle recuerda y reivindica la utilidad original de las palabras. El resto del mundo mantiene el lenguaje por tradición, como las piedras del Coliseo, la Iglesia de la Memoria de Berlín.

4. Su pelo es rubio y negro al mismo tiempo.

5. Mezcla diferentes idiomas. A veces se tumba en la cama y dice: «Hator hona». Es casi pornográfico. Aprendió a hablar euskera de niña. Su voz no supera los seis años.

6. Camina y fuma y se apoya en la pared, junto a las cortinas, como Lauren Bacall en *El sueño eterno.*

7. Canta Johnny Cash siendo Janis Joplin en su peor resaca y se pinta las uñas de azul. Gime como las sopranos de Schönberg en *La noche transfigurada.*

8. A veces se acerca, sigilosa, y escucha.

9. Luego desaparece.



10. Pero estoy seguro de que volverá mañana.

Si no pudiera torturar a Dylan a mi antojo, por haberme equivocado en su construcción y haber olvidado que él y yo no somos esencialmente la misma persona, sentiría el final de este proceso, que se avecina, como un terrible fracaso. Reconozco que Estelle me resulta entrañable; después de todo, es mi homenaje a las *Great expectations* de Dickens. Sin embargo, no olvido que es un utensilio de tortura, la prueba de fuego. Si quisiera demasiado a Dylan, irremediablemente tropezaría en el lugar común. Por lo tanto, no dejo de preguntarme si el hecho de que Estelle vaya, inminentemente, a engañarlo es un elemento indispensable en la novela, como conjunto, o si se trata de un recurso que egoístamente empleo para no albergar dudas sobre la eficacia del personaje. En cualquier caso, el desenlace es inevitable porque estamos en el plano de la ficción, un mundo paralelo bastante cruel y extraño en el que desenlaces trágicos, anécdotas monstruosas, pueden calificarse con los adjetivos más amables.

## NUEVE

SALÍA DE TRABAJAR. HABÍA IMPARTIDO LA ÚLTIMA CLASE DE *Business English* con el grupo de los jueves, una docena de ejecutivos que aprendían a tratar con empresarios japoneses sobre asuntos de logística. Lo invitaron a beber unas cervezas al *Irish pub* de la esquina, cerca de Atocha. Allí se encontró con Claudia. Ya era mayor de edad, pero vestía como las niñas de club náutico en los anuncios de Ralph Lauren. Bebía con dos amigas en una de las mesas del fondo del bar. Se saludaron desde lejos. 

Aurelio habló del buen arte de servir Guinness, del caso subjuntivo de la forma *were, if I were you;* también de la profesora galesa con la que hacían *speaking* y se había acostado con uno de los alumnos. En ningún momento dejó de mirar a Claudia, que, con algo más de disimulo, le devolvía sonrisas. A la tercera ronda de pintas se sintió algo eufórico y también sobrante en aquella reunión de economistas. Fue hasta el final de la barra, a la altura de la mesa que ella ocupaba, y se sentó a esperar. No tardó mucho en aparecer junto a él. «Todavía sigo enfadada», dijo a modo de saludo, y Aurelio la besó en las mejillas. «Penqué inglés en Selectividad».

Pidió un vodka con naranja para beber y Aurelio un whisky con dos hielos. Fue divertido ver cómo se emborrachaba. Primero le brillaron los ojos y pareció volverse más locuaz, hablando de su carrera de Informática, de la gira española de Radiohead y, ya con la lengua adormecida, del novio que había tenido desde los catorce años y la abandonó para irse a Pamplona a estudiar Medicina. Aurelio entendió que pedía consuelo y le acarició la mano que había dejado muerta sobre la barra. Los focos del bar hacían brillar un pequeño diamante en su dedo índice.

Tomaron un taxi y, en el apartamento, Claudia preguntó por aquella mujer. Aquella mujer con la que vivía antes, en la otra casa, y siempre la había mirado con desconfianza. «Estoy segura de que nos espiaba. Cuando estábamos en clase siempre escuchaba ruidos en el pasillo, como si alguien estuviese cambiando de postura y no pudiera evitar hacer crujir las tablas del suelo».



Aurelio la colocó bajo el foco del salón, el que normalmente alumbraba una lámina de Klimt, y la hizo desnudarse. Luego la inmovilizó, boca abajo, sobre la alfombra. Estaba agresivo. Tuvo que esforzarse, ejerciendo un gran control sobre sí mismo, para no golpearla contra el suelo. Todos sus movimientos estuvieron cargados de una especie de rabia contenida, pero a Claudia no pareció molestarle.

Sin embargo, al día siguiente Aurelio se preguntó por qué había sentido semejante odio.

—No entiendo. Julia.

—¿El qué?

—Usted. Contradictoria.

—Vaya... Parece que nos vamos conociendo. Eso mismo dice Aurelio. Dice que podría ser una estrella del punk disfrazada de ejecutiva. Y que mi problema es que me educaron como burguesa pero mi madre se volvió loca de golpe y eso me dejó en una especie de camino a medias, de indeterminación. También ha dicho que tengo trastornos de personalidad por fumar demasiada marihuana.

—Mejor guarde... opiniones.

—¿Quién? ¿Aurelio? ¡Ja! Ya me gustaría, que compartiera sus impresiones con el espejo. Pero nada. Es de lo poco que tenemos en común. Nos es imposible cerrar la boca. Pero bueno, ¿por qué decía usted que soy contradictoria?



—Tengo sensación. Usted no encaja.

—¿Cómo dice?

—Traje. Casa. Hipoteca. No...

Volvió a ver a Julia el sábado por la noche en aquel bar inmundo que trataba de imitar la estética oriental con faroles blancos que entonces le parecieron escobillas de váter. Aquello, sin duda, hubiera explicado el olor. Se detuvo en la entrada a observarla, al fondo del establecimiento, tan bien vestida y arreglada que parecía haberse equivocado de sitio, y le entró una congoja terrible. La veía fumar ahuecando excesivamente los labios para preservar el carmín. Se drogaba mucho desde que no podía beber.

Estuvo unos minutos regodeándose en aquella congoja que supo que era ternura y remordimiento al mismo tiempo. Ternura por ver a Julia vestida de fiesta en el peor antro de Madrid y remordimiento por lo ocurrido con Claudia, a quien volvió a odiar, esta vez con más fuerza, cuando llegó a la conclusión de que si él fuera rico le habría sido más sencillo serle fiel.

Por supuesto, era más fácil ser Claudia con su anillo de diamantes en la mano y su novio indeciso estudiando en el Opus, pero también habría sido más simple para él poder comprar un piso decente en el que vivir con Julia; así lo tendría controlado y no ocurrirían cosas como aquella, no sentiría ternura y culpa al mismo tiempo mientras espiaba su comportamiento desde la entrada del local.

Volvió a sentir esa rabia que lo había dominado estando con Claudia y fue directo a la barra, a pedir un whisky bien cargado.



—¡Y dale! Menuda obsesión le ha entrado a usted con mi hipoteca. Mire, la verdad, me da la impresión de que me cree más joven de lo que soy. ¿Cuántos años piensa que tengo?

—No sé. Veintiséis.

—¡Qué buen ojo! Pero cumplo veintisiete el mes que viene. ¿No le parece que ya tengo edad para vivir como una persona responsable?

—Si quisiera.

—¡Ay, Dylan! Cada vez me cuesta más entenderle. Será que estoy borracha, no lo sé. Explíquese mejor. ¿Si quisiera qué?

—Julia. Usted... odia traje.

—Sí. ¿Y qué? También odio la programación de los domingos por la tarde y el pelo de gato. ¡Ah! Y las conservas en escabeche. Pero ¿sabe qué? Me aguanto.

—Tonterías.

—¡Claro que son tonterías! Es que no entiendo lo que me quiere decir. ¿Acaso debo replantearme toda mi vida porque no me guste llevar traje? ¿O es que hay algo muy obvio en mi cara, algo así como una etiqueta que dice que me va a salir todo mal?

—No quería... enfadarla...

—No, no me enfado. Solo tengo miedo de que tenga usted razón. Miedo de estar a punto de meterme en un lío para el que no estoy preparada.

A veces colocaba sus dedos en el piano, uno por tecla, con la posición elevada, como si quisiera arañarlas, y Dylan hacía lo propio, se encaramaba a sus manos y la guiaba como cuando su padre le enseñaba a bailar dejando que le pisara los pies. Avanzaban muy despacio y a la vez. Como en un engranaje, los movimientos de él activaban los de ella y Julia podía cerrar los ojos y sentir que las notas salían de sí misma como por arte de magia. En ese instante, la conexión que era capaz de establecer con aquel desconocido era realmente intensa, como si la música fuera una especie de conductor de la energía, como el cobre para la electricidad. Era una sensación extraña.



Después de tanto repetirlo, aquel gesto había perdido para Dylan todo su significado, pero una vez sintió algo parecido con Estelle en sus rodillas, tratando de enseñarle la melodía de una de sus canciones preferidas de Madonna.

Antes había querido ver las entrañas del piano. Los martillos, que en verdad parecían dedos alargados, golpeando las cuerdas, y el pedal izquierdo, que las alejaba y las volvía a acercar; y la sensación de estar viendo la maquinaria secreta, el truco de magia revelado. Estelle abría los ojos, aplaudía.

Aquello ocurrió antes de que las cosas comenzaran a empeorar. Mientras ella se aficionaba a pasar las noches en

Biarritz, Dylan decidió que ya era hora de reclamar la atención del profesor Rejas. De las muchas cosas que habían ocurrido durante su estancia en el caserío, ninguna había tenido relación, hasta entonces, con el verdadero motivo de su visita.

Una tarde recopiló su material y se coló en el despacho del profesor, que estaba escuchando un álbum de Dusty Springfield.



—Lo que más me preocupa es lo de los críos. Ya me entiende. Ahora que Aurelio y yo empezaremos a hacer las cosas a la manera convencional es muy probable que salga el tema. Y yo no lo tengo nada claro.

—Normal. Gran... paso.

—Sí, me da mucho miedo. Igual Aurelio tiene razón y no estoy del todo estable. No me gustaría ser mala madre.

—Responsabilidades. Demasiadas.

—Sí, ¿verdad? Imagínese, todo el día con estas cosas en la cabeza. Qué mal.

—Vacaciones.

—¡Claro! Eso necesito. Al final nos hemos quedado sin planear nuestra escapada a Oriente. Uy, Dylan, me parece que se está usted balanceando. No estará mareado, ¿no?

—Nada. Estupendo.

—Como una cuba, si es que ya me lo temía. Por cierto, quería decirle algo.

—Bien. Hable.

—Usted piensa que me estoy equivocando, y me lo ha dicho. Es curioso. Las conclusiones que dos extraños pueden sacar el uno del otro, en tan poco tiempo.

—Tres horas.

—Y media. Yo también opino que usted no encaja. En esa academia de mediocres y tan aislado del mundo, bebiendo de madrugada con su piano. Dylan, eso es decadente.

—Cierto.

Siguió viéndose con Claudia. Sus motivos eran confusos, de manera que reincidían casi por accidente, como si no desearan realmente que aquello ocurriera pero estuvieran cansados para oponer resistencia. No hablaban demasiado. Aurelio descubrió que Claudia estaba demasiado triste para tener solo dieciocho años y se le quitaron las ganas de preguntar.



Ella se colaba en su apartamento los lunes o los jueves por la noche, y, desde que Aurelio vivía por y para el ahorro, tropezaba con los tablones que se habían desprendido del suelo de la entrada. No era capaz de sortearlos y él estaba seguro de que lo hacía adrede, para reírse del parqué carcomido, del biombo de plástico que separaba la cocina del dormitorio. Aquello refrescaba su odio y podía seguir satisfaciéndola porque a Claudia le excitaba la luz del flexo en los ojos, que le golpearan con fuerza las nalgas e incluso que la abofetearan. Pero cuando entraba en el apartamento se permitía tropezar insistentemente con cada desperfecto, y Aurelio, que nunca había dejado de añorarla como la niña a la que habría disecado cantando *Forever young*, de nuevo escuchaba a Bob Dylan, escuchaba *Everything is broken* con el ritmo de sus tacones, se veía inmerso en una canción folk y lo despreciaba todo.

«Mi padre busca un traductor para sus empresas», le dijo un día. ¿Realmente obraba mal por no querer conformarse? Llevaba seis meses viviendo con la mitad del sueldo que recibía en la academia. Había abierto una cuenta de ahorro en la que ingresaba cincuenta mil pesetas al mes y soñaba con un chalé con terreno y un perro saltando y Julia en bañador sobre la tumbona a rayas. Y todavía se sentía avergonzado por desear aquello, como si alguien fuera a echarle en cara las consignas del pasado, las canciones que ya no irían acordes con su nueva vida.

«No es un trabajo de jornada completa. Tendrías que acompañar a los empresarios extranjeros a comer, hacer que se entiendan con mi padre y poco más». Pero él era traductor de canciones. Qué clase de trabajo. Porque había crecido escuchando a The Clash, The Velvet Underground, The New York Dolls, The Ramones, y un día decidió que no era capaz de condenarse a no entender una palabra. Nunca sabría de Milton lo que había llegado a ver en *American pie,* tan cosida de metáforas musicales. Debió haber hecho su tesis sobre el misterioso *Helter skelter* de los Beatles. «Por supuesto, estaría muy bien pagado».



Claudia estaba insistiendo porque de verdad quería ofrecerle ese trabajo, no mencionaba la oportunidad —como sí hacía con los tablones levantados— para situarlo ante una realidad lejana. Seguramente, estaba acostumbrada a hacer proposiciones a gente que nunca estaría en condición de rechazarlas y Aurelio no era la excepción. Había todo un proyecto de vida con jardín, con Julia, sin engañar a Julia, tan libre de culpas. Aquel ofrecimiento era un golpe de suerte y pensó que tal vez, muy pronto, podría comprarle un piano.

—Vamos. Defiéndase. ¿No ve que lo estoy atacando? Pienso que desperdicia su talento, que es demasiado viejo para seguir viviendo con su padre. Que hace años que no echa un polvo. ¿Me escucha? Diga algo, quiero que reaccione.

—...

—¡Pero Dylan! ¡No puede conformarse así! Es cierto que yo no soy el mejor ejemplo, que llevo toda la noche quejándome de mi novio, de mi casa, de mi trabajo... De cosas que seguramente nunca vayan a cambiar, pero por lo menos me esfuerzo, ¿ve? Protesto. Me replanteo las cosas.

—Usted habla. Yo no. Pero... mismo resultado.

—Ya, claro, yo también soy una infeliz, ¿verdad? Porque nunca tomaré un vuelo para irme a Kuala Lumpur.



—No quería...

—¿Pero usted? ¡Mírese! Apenas puede sostenerse en la silla de lo borracho que está y ni siquiera así es capaz de abrirse un poco.

—Calle..., calle.

—No lo sé, no lo sé, necesitaba decirle esto. Porque dentro de poco cerrarán el local, y nos despediremos, y usted nunca volverá a llamarme, ¿verdad? ¿Verdad, Dylan? ¡Oiga! ¿Qué le ocurre? ¡Está llorando!

—Mentira.

—¡No sea chiquillo! Veo sus lágrimas, ¿vale? Eso no puede disimularlo.

—Nada. Todo... bien.

El profesor estaba cantando *Wishin'n'hopin'* de Dusty Springfield, balanceando la cabeza rítmicamente. Cuando Dylan entró en el despacho se incorporó y lo invitó a bailar alrededor de la mesa de estudio. «En mi boda sonó esta canción, cuando cortamos la tarta», dijo. Dylan rechazó su ofrecimiento pero él siguió recorriendo la sala con pasos de vals. «¿Quieres llamar a tu padre?».

Tomó asiento y le explicó que no había venido a usar el teléfono. Sin embargo, hacía diez días que no hablaba con Miguel y aquello le pareció extraño. «Contarle mis... avances... en proyecto». El profesor insistió en saber si algo había ocurrido en casa y Dylan se sintió molesto porque era imposible decir en alto lo que había hecho —una vez asumido el fallo este alcanzaría toda su magnitud— y también porque aquel supuesto interés lo alejaba del tema que había venido a tratar. Estaba muy serio, más que de costumbre, con las cejas arqueadas y los pómulos contraídos por la tensión. El profesor lo miró detenidamente y comenzó a reír. «Bueno, bueno. Así que has avanzado...». Tomó asiento frente a él y le golpeó suavemente las mejillas, pidiendo a sus músculos que se relajaran. Dylan se sintió humillado y bajó la mirada, la clavó en el suelo cubierto de papeles, ceniza, colillas y filtros desgajados y teñidos de amarillo.



Todo olía a nicotina y, aunque nunca antes había fumado, sintió el impulso de encender un cigarro. «Si es verdad que has avanzado, ahora podrás hacerme una demostración, no como cuando llegaste, ¿te acuerdas?», dijo burlón el señor Rejas. «Usted dirá». En aquellos segundos de incertidumbre comenzó a llover y entró un gato por la ventana. El profesor no pareció extrañarse y siguió con la mirada el recorrido del animal, que atravesó el despacho y se encaramó a la estantería. Permaneció muy quieto junto al aparato musical, como una figura decorativa. «Cómo describirías a mi Estelle con tu sistema de sonidos».

Dylan alargó el brazo hasta la pitillera del profesor y encendió un cigarrillo. Le supo exactamente igual que el sabor agrio que se había instalado en su paladar desde que entrara en el despacho. El profesor le dejó toser. Se había creado una atmósfera ambigua desde la irrupción del gato en la cual nada resultaba extraño, fuera de lugar. Dylan tuvo la intuición, absurda e inquietante al mismo tiempo, de que podría saltar de la silla, bailar, destrozar un par de muebles y nada borraría la sonrisa impasible del profesor. No se levantaría de la silla.

Le pareció que encender un cigarrillo era asumir las normas de aquel estado confuso y entonces contestó a la pregunta. «Estelle... Estelle es un concierto para piano de Shostakovich... el número 2, seguramente». El profesor rio a carcajadas, aplaudió y el gato dio un respingo en su estantería. Maulló. «Los gatos solo maúllan para los humanos, ¿sabías?». Dylan dijo que no, que no sabía nada sobre gatos.



—Tranquilo. Vamos, vamos. ¿Por qué no acerca su silla? Siéntese junto a mí. Así. Llore tranquilo, no pasa nada. Siento muchísimo haberle puesto triste. De verdad que no era mi intención. Solo... Qué absurdo, no le conozco y pensé que podría aconsejarle. Ayudarle, incluso.

—Todo bien. Todo...

—Deme eso. No beba o se pondrá más triste. En el fondo esto es muy común. Yo misma, las primeras borracheras que me pillé acabaron siempre igual. Todos los sábados llorando porque Aurelio no me quería. Salía de fiesta con las amigas y me lo estaba pasando estupendamente hasta que de pronto llegaba un instante en el que estaba tan borracha que solo me acordaba de él. Y venga a llorar...

—Vaya. Soy... adolescente.

—No. Solo borracho. Fíjese: una de aquellas veces conocí a un chico en la discoteca. Quise que me llevara a su casa y de camino, en el coche, me entró la llorera. ¿Se imagina? Acabé en la cama de ese tipo, contándole mis penas. La cantinela de que era incapaz de hacer que Aurelio se enamorara de mí.

—Pero... usted logró. Yo nunca...

—Bueno. Ya sabe: *careful what you wish for...*

—No entiendo.

—Que hay que tener cuidado con lo que se desea. Aurelio siempre suelta refranes en inglés. Dice que son más expresivos.



De repente, un día, estaban tumbados en la cama, algo exhaustos, mirando la instalación eléctrica, la bombilla y los cables rojos que colgaban del techo. Aurelio fumaba un purito *de esa manera* y estaba pegajoso. Julia sabía que le incomodaba que siempre tuviera tanta prisa por vestirse pero no quería que la rozase cubierto como estaba de ese sudor grasiento. Se acercó al armario en busca de su ropa y Aurelio le pidió que abriera el cajón de la mesilla. Que tomara un sobre blanco. Lo abrió con curiosidad y sonrió, por incomprensión, ante la fotografía de un piano Kawai de pared, muy negro y brillante, con la silla forrada en beis. Aquello no le hacía gracia y aun así no podía borrar la sonrisa de su cara.

Arrojó el sobre y se volvió hacia Aurelio, muy sonriente, en busca de una explicación. Él sonreía más aún. «Es tuyo. He comprado un piano para nuestra nueva casa». «¿Cómo?». Julia entendió la situación antes de que él comenzara a dibujar sus planes, los ahorros, la hipoteca, el jardín, y le cortó de golpe, fingiendo, precisamente, no entender. «No seas absurdo. He dejado mis clases —mintió—, no necesitamos ningún chalé donde guardar un piano». Aurelio sintió ganas de llorar y tragó grandes cantidades de saliva. Hizo un ruido desagradable. «¿Ya te vistes?», preguntó. Julia contestó escondida en el armario. «Sí. Tengo frío». «Normal, en esta casa no hay calefacción».

—¿De verdad se ha puesto tan triste por mi culpa?

—Enseguida... Ya pasa...



—Tranquilo, hombre. Puede usted llorar lo que quiera. Si a estas horas y con la borrachera que llevamos los dos no hay que tener vergüenza.

—Ya..., claro. Joder.

—Acaba de protagonizar el juramento más inexpresivo de la historia.

—No estoy acostumbrado.

Todavía acudió a las clases de Dylan durante un par de semanas, pero tenía que esconderse, inventar excusas, y le resultaba muy incómodo. No estaba hecha para el engaño continuado. Sin embargo, era consciente de que Aurelio era capaz de mantener situaciones como aquella durante meses. Recordaba el sigilo con el que escondía a la princesa en su habitación, siempre procurando que Sandra y ella estuvieran acostadas, haciendo que caminara descalza por el pasillo cuando aún no había amanecido.

Pasaban los años y ciertas imágenes volvían una y otra vez a la memoria. Durante un tiempo la había sentido en casa y en su ropa, en una sensación de telaraña que se le adhería a las manos. También ocurría que, muchas veces, notaba que Aurelio callaba o perdía la vista mirando detenidamente un punto en la pared y no podía evitarlo; tenía la certeza de que estaba viéndola, recordándola, de alguna manera.

Nunca se había cerrado a los fenómenos paranormales. Cada jueves echaban en televisión un programa que recogía historias como las caras de Bélmez o la mansión maldita de Amityville y todas ellas resultaban creíbles. No eran necesariamente verdaderas ni falsas, estaban en ese punto intermedio por donde los muertos persiguen a los vivos y la autora piensa a Julia sentada en un pub irlandés: en ese mismo plano.



Pero ella no quiere dejar su casa porque teme quedar más expuesta a mis caprichos, o a las amenazas fantasmas; cada noche, antes de dormir, verá a Aurelio evadirse fijando la mirada en una imperfección de la pared, como los gatos cuando se detienen bruscamente en el pasillo y parecen observar un punto invisible en movimiento. Esta obsesión acompañará por siempre a Julia. Mucho después de que este relato termine, cuando haya dejado de manipular sus cuerdas de marioneta y pase horas tumbada en la cama, esperando instrucciones que no llegan. Porque ya no será nadie, Julia, cuando yo selle esta novela —escriba la palabra fin, anote la fecha, salga a tomar unas cervezas para festejar que terminé, que acabé con ella—, y sin embargo seguirá temiendo que Aurelio vea fantasmas, como filminas proyectadas sobre el papel de las paredes. Siempre será pelirroja, cirrótica, escuchará a Patti Smith en las noches. Estos rasgos que definen a Julia como personaje resonarán como un eco, como un repetidor de radio estropeado que retransmite una señal que fue creada hace años.

—¿Ya está mejor?

—Sí. No entiendo...

—Ya le he dicho. Es muy normal. ¿Ve? Ahora se está riendo. A todo el mundo le pasa alguna vez, sobre todo si no tiene mucha costumbre de beber.

—Sentí... muy triste.

—Eso vi.

—Como niño.

—Yo tuve mucha culpa. Fui un poco bruta, lo siento. Lo que pretendía decirle es que tiene talento suficiente como para decidir dónde estar. ¿Se acuerda de lo que hablábamos antes, de las alternativas al aquí y ahora? Usted tiene la ventaja de saber hacer algo excepcionalmente bien, ¿entiende? Eso no puede decirlo mucha gente.



—De joven... Ahora tarde. Si no hubiera...

—¿Qué?

—Nada. No merece... lamentarse.

—*It's no use crying over spilt milk.*

—Qué dice.

—Otro refrán.

Dylan vació la carpeta y fue posando sobre la mesa, uno a uno, la especie de planos que había diseñado, y cuando todo estuvo expuesto sintió un gran vacío, miedo y cansancio, como cuando Estelle anunció, por primera vez, que pasaría la noche fuera. Si aquella mañana ella no regresara, si en algún momento desapareciera de su vida como seguro iba a ocurrir en cuestión de semanas, aquellos folios eran todo cuanto habría logrado. Visto así, el tiempo nunca había llegado a dilatarse.

Comenzó a explicar aquel idioma, aún sin nombre, que articulaba su vocabulario a partir de una sucesión de intervalos. En modo mayor, una tercera natural continuada por su inversión significaría la palabra *espera,* mientras que, en modo menor, equivaldría al término *angustia.* Dylan dudaba entre la conveniencia de este sistema frente a uno similar que solo reparase en la organización de los grados dentro de la escala. El profesor le prestaba toda su atención pero no era capaz de orientarlo en cuestiones de carácter técnico, y prometió que evaluaría el discurso, dentro de sus competencias, cuando estuviera terminado. Pero Dylan fallaba a la hora de encontrar la palabra adecuada, la más precisa. Su explicación se perdía en esquemas imposibles, tablas llenas de combinaciones, y Rejas fruncía el ceño; se levantaba a cambiar de música cuando sus vacilaciones duraban minutos.



Lo peor era que dudaba en voz alta de aquello que había dado por seguro en sus horas de trabajo, y pronto perdió el hilo del discurso. Dejaba caer ideas, elucubraciones. Todo era inconexo como un *brainstorming;* sus propias frases volvían a carecer de nexos y él mismo estaba a punto de volverse un telegrama. Se detuvo para tomar aire y cuando volvió a hablar le salieron sollozos en vez de palabras; y el profesor Rejas, de una redondez perfecta, como salido de un cómic, lo abrazó fuertemente.

«Hijo, ¿qué ocurre?». Dylan lloró contra Rejas con la misma tranquilidad con la que solía hacerlo contra la almohada, seguro de que el tejido filtraría las lágrimas y a la mañana siguiente no quedarían marcas. «Profesor... yo... por qué... motivo... Me hizo venir...». Rejas le recomendó beber un vaso de vino y Dylan lo apuró de un solo trago. Le revolvió las tripas. «¿Qué quieres que te conteste?».

«Dónde... Estelle». Solo mencionar su nombre volvió la angustia y el miedo de ver su trabajo diseminado en la mesa.

El profesor lo miró con ternura y cierta conmiseración. Entendió que «dónde» significaba 'con quién' y se vio en la tesitura de elegir a cuál de las dos preguntas que hubiera preferido eludir debía contestar. «Hijo..., podrás inventar idiomas musicales, aprender lenguaje de signos, código Morse... Pero seguirás pensando en palabras. No puedes evitarlo, ¿te das cuenta? Aunque relaciones a Estelle con Shostakovich, seguirás deletreando su nombre».



El rostro de Dylan se tiñó de perplejidad, demostrando que nunca deja de sorprendernos la confirmación de aquello que más tememos. Y el tono del profesor no dejaba demasiado espacio a la duda. Aquellas palabras eran una enmienda a la totalidad de su proyecto, al sentido de su permanencia en aquel lugar. Fue inevitable recordarlo. «Mi padre tenía razón —había dicho Estelle—. Me vas a entretener muchísimo este verano».

Pero entonces no lo hubiera comprendido, porque comenzaba a evadirse en el tiempo siguiendo sus pasos de baile a cámara lenta. Siempre había pensado que solo la música lograría sacarlo del tiempo. Ya no quedaba magia en los martillos del piano, en las cuerdas elevadas, en el sonido. No había nada singular en todo aquello, nada que Estelle no pudiera igualar con solo aparecer, mezclar el humo con el cielo desde las ramas de la higuera, desnudarse dejando ver el surco tan profundo de su espalda.

Tardó unos días en decidirse a volver a casa. Consideró la posibilidad de no hacerlo, de quedarse en un intermedio: en el andén de la estación, fregando platos en el pueblo, de músico ambulante. No adivinaba cuál podría ser la reacción de su padre ante la estupidez con la que se había despedido en su última llamada.

Estelle lo estuvo espiando mientras hacía la maleta. De pronto se volvió y la encontró apoyada en la puerta; quién sabe cuánto tiempo llevaba allí. «Te vas», dijo, por confirmar los hechos. Dylan no pudo sostener su mirada y volvió a darle la espalda; guardaba calcetines doblados en ovillos. Oyó crujir el suelo, tímidamente. Andaba descalza. «Dylan, ¿estás enfadado conmigo?». Se dio cuenta de lo mucho que le gustaba que ella pronunciara su nombre, desde aquella vez que lo vio escrito en un cartel, con grafía elegante, en el andén de la estación. «No. Pero... ya no te divierto».



Aquello hizo reír a Estelle, que era aficionada a soltar carcajadas inoportunas cuando estaba tensa, y se dejó caer en la cama, fingiendo cansancio. «Qué celosos sois los españoles...», dijo entre dientes. Dylan pasó frente a la cama en busca de sus camisas y ella trató de zancadillearlo. Volvía a estar alegre, relajada, como si en todo ese tiempo nunca hubiera dejado de jugar. Él se vio algo ridículo tratando de salir del paso con una actitud exageradamente digna. Tropezó, igualmente.

«Podrías quedarte diez días más. Luego yo también volveré a París». Dylan se negó a plantearse aquella posibilidad porque temía acabar con una armónica, pidiendo en la calle frente al portal de su casa parisiense. Ni siquiera contestó, para no tentar a la suerte. Dejó la maleta abierta mostrando todo aquello que era su lado transportable y se derrumbó sobre la cama, junto a ella. Estaba realmente cansado, tanto que había dejado de sentir en términos concretos. Siempre había tenido que esforzarse en definir lo que le rondaba la cabeza, y las vísceras, pero aquella vez no había manera de aislar las sensaciones. Era tan difícil encontrar un término capaz de capturar aquel estado que, simplemente, llegó a la conclusión de que se encontraba cercano a no sentir absolutamente nada. Alargó los dedos sin demasiado entusiasmo y acarició su cabello mientras lo imaginaba teñido en colores diferentes. Era su manera de despedirse. Si la veía pelirroja, entonces ya se había ido.

Reproducía un tango de Osvaldo Fresedo en su cabeza y de haber sonado en vivo tal vez ella hubiera tenido los labios pintados de rojo y la hubiera interrogado, con quién, por qué, desde cuándo. Pero ni siquiera había música y él no sabía preguntar. Se conformó con besarla, cerrar la puerta. Al día siguiente ella seguía en su cama. «Iré a visitarte, algún día», le dijo Dylan. «No lo hagas. París está muy lejos». «Iré en avión», se apresuró a contestar.



Había comenzado a bajar las maletas, que parecían más pesadas que cuando llegó, y caían rodando por las escaleras. Ella se acercó al umbral de la puerta. «Los músicos siempre os matáis en accidentes aéreos. Mira Buddy Holly, Jim Croce, Ricky Nelson, Otis Redding, los de Lynyrd Skynyrd, Gardel...». Dylan se volvió y la miró de tal manera que logró hacerla callar. «Está bien. Nunca avión».

Prefirieron despedirse en la parada de autobús, desde la que aún se distinguía la higuera y el espacio baldío que había dejado el supuesto hórreo calcinado. De pronto, a Dylan le pareció de vital importancia saber hasta dónde era cierta aquella historia del fugitivo vasco. Estelle no le supo contestar. «Solo sé que los diálogos no pueden ser ciertos», dijo, pero él no entendió por qué. Cuando llegó el autobús Dylan descubrió que no llevaba monedas y Estelle le pagó el billete. El autobús arrancó y ella se quedó en el asfalto saboreando un cigarrillo.

—Acérquese. Deme un abrazo. Ahora deberíamos hacer algo divertido, para que se le olvide el mal rato.

—Abrazarla... Suficiente.

—Bueno, como usted quiera. A mí se me había ocurrido asaltar la academia de música, colarnos en su aula y hacer el amor sobre el piano. Es increíble; cuando se ríe, no sabe lo distinto que se ve.

—Sí.

—La primera vez que lo ha hecho me ha sorprendido muchísimo porque tiene usted una risa muy expresiva. Debería usarla más. Le transforma tanto como el piano. A veces, cuando lo escuchaba tocar me daban ganas de interrumpirle y preguntar: ¿Adónde ha ido? Como cuando vemos dormir a alguien y nos gustaría poder acompañarlo, aunque es imposible.



—Gente piensa que... cuando toco... olvido mundo.

—¿Y no es así?

—No. Solo piano desaparece.

—¿Y qué quiere decir con eso?

—No consciente de... tocar. Pero. Mucho de todo. De lo demás.

—Vaya. Suena difícil de imaginar, pero... ojalá pudiera. A decir verdad, nunca me ha gustado especialmente la música. Pero es tan importante para Aurelio que necesitaba entenderlo, ¿sabe? Descubrir el misterio. Por eso quise aprender a tocar el piano. Aunque ya ve, no me fue demasiado bien.

No quiso visitar la casa. Le parecía que estaba demasiado lejos y se contentó con las fotografías. Había que reformar el cuarto de baño y tirar un par de tabiques. Aurelio habló con el aparejador y comenzaron a barajar plazos; tres semanas, un mes como máximo. Las cajas llenas de ropa comenzaron a amontonarse en la entrada, y, al principio, aquello no le reportaba ninguna satisfacción. Estaba demasiado decepcionada consigo misma, por haber cedido, por la empresa de cementos que le anulaba la voluntad, y un día cualquiera, cansada de protestar, se veía firmando un contrato inmobiliario.

Fue un trabajo duro embalar todas sus pertenencias. Tres o cuatro días desenrollando precinto hasta la madrugada. Cuando terminó y acomodó todas las cajas como si fueran ladrillos en una pared, había olvidado el motivo de la operación. Allí estaban, como cubos ordenados en un juego de equilibrio. Se sentó a contemplar su obra. La casa estaba más ordenada que nunca sin aquellos objetos inútiles y además, contemplando lo que parecía una mudanza inminente, dejaba volar su imaginación. Repasaba todos los lugares a los que podría escapar ahora que sus pertenencias estaban listas para salir de viaje.



No nos damos cuenta, pensó, de lo mucho que nos inmoviliza el miedo a las mudanzas. Tantas cosas que se acumulan en los estantes y nunca tiramos a la basura, para no sentirnos libres de escapar en cualquier momento. Ahora que estaba convencida de haber hecho lo más difícil, el destino que menos le atraía era precisamente el que Aurelio había previsto para ese montón de cajas. Porque aquella idea de inmovilizarse, aquel destino plano y sobre todo único y prolongado, casi definitivo, no podía competir contra el resto de posibilidades, que eran infinitas.

Los plazos comenzaron a tambalearse. Los albañiles encontraron fugas de agua, una instalación eléctrica peligrosa y goteras en el tejado. Aurelio reconoció que aquello iba para largo, que le convenía deshacer sus maletas, y Julia dijo que sí, que sí a todo, pero no movió las cajas de sitio. Las dejó en la entrada, para tropezar con ellas cada mañana.

Para Aurelio, el hecho de que las obras de la nueva casa se alargaran suponía, principalmente, posponer su despedida de Claudia. Como quien espera a fin de año para dejar de fumar, había previsto separarse de ella en una fecha que siempre parecía lejana. Seguía siendo arrastrado por la fuerza de la inercia. Tenía la sensación de no haber participado activamente en ninguno de los cambios significativos que habían alterado su vida en la última década. Repasaba aquellos años y veía a la princesa, que aterrizó por casualidad en sus brazos guiada por una multitud; a Julia, perseverante desde el otro lado de la pared, acechándolo; a aquel profesor melancólico que lo abordó en un bar; y de pronto entendía que comprar aquella casa era el primer acto de voluntad propia que realizaba en mucho tiempo. Por eso estaba cegado.



Cuando a la mínima alusión a su nuevo hogar Julia lo insultaba abiertamente, no establecía coincidencias; recurría a las culpas habituales, agachaba la cabeza, no entendía. En parte, estaba confundido porque Julia había vuelto a beber, aunque no debiera, y enfermaba continuamente, sobre todo los miércoles, cuando la visitaba en su casa. Dejaba la puerta del baño abierta para que la escuchara vomitar y Aurelio pensaba que las críticas hacia la casa en construcción pertenecían a esa misma categoría de reproches.

Un día, saliendo de casa, tropezó con un músico ambulante al que había visto tocar varias veces en el metro. Totalmente consciente de lo ilógico de su impulso, lo detuvo y le preguntó si conocía a Víctor Sierra. El nombre no le sonaba de nada y le pidió dinero para un bocadillo. Cuando se alejaba vio que llevaba en la funda de la guitarra una pegatina de Bob Marley como la que el Sierra había pegado en los amplificadores que utilizaban y supuso que la asociación había sido tan insignificante como aquella pegatina.

Sin embargo, durante varios días soñó con él. Lo insultaba por sus planes pequeñoburgueses y se mofaba de un disco de Alanis Morrissette que aparecía, misteriosamente, en la estantería de sus discos de punk clásico.



## Ofensas

Alejandra Capusotto. Publicado el 18 de octubre de 2007 en el blog de fotoperiodismo *La mirada de cristal*

*Nada hay más sencillo que ofender a un colectivo minoritario. El asociacionismo es una plaga en estos tiempos en los que la izquierda y la derecha, los dos grandes bloques ideológicos por excelencia, han comenzado a diluirse y cada polo —aun opuesto— se refugia en la defensa de ciertos dogmas, como pinceladas que rememoran su postura histórica, que son en realidad discursos populistas inspirados por el eufemismo exasperante de lo políticamente correcto. Auspiciados por la clase gobernante, que los teme como nadie, los colectivos públicos se han convertido en una seria amenaza para la libertad de expresión, en sentido general, y el arte, en concreto. Maricones, feministas, lisiados, víctimas del terrorismo, pensionistas: cuando se unen bajo una misma bandera, se vuelven una plaga imparable, incuestionable y, por lo tanto, despótica.*

*Hace un par de semanas, la AVT exigió la retirada de la exposición de Clement Bernard que el Guggenheim Bilbao inauguraba en su 10.º aniversario. Como individuos, se sintieron ofendidos por las imágenes recogidas por el fotógrafo francés, y como colectivo, legitimaron su censura. El arte ofende. Y nada como una minoría, siempre propensa a sentirse diana de todos los ataques, para individualizar esa ofensa.*

*El periódico de hoy, sin ir más lejos, recoge una noticia en la que, al más puro estilo Washington tras el 11S, una asociación contra el maltrato de género emite un comunicado sobre una lista negra de canciones que, en su opinión, humillan a la mujer. Exigen a las cadenas de radio que anulen su emisión y ya han recogido más de cinco mil firmas para ello. Al parecer, los voluntarios no eran seguidores de los Guns N'Roses —el estribillo de «I used to love her but I had to kill her» escandaliza a las asociacionistas—, ni de Loquillo, ni de Extremoduro. Nunca escuchan rap y, mucho menos, reggaetón. Pero, sobre todo, no están acostumbrados a discutir con estos grupos que juegan con la ventaja psicológica de su manifiesta exclusión social. La mayoría de la gente muestra una reacción ante estas minorías que fundamenta sus raíces en la superstición. Al igual que uno cruza los dedos ante la adversidad ajena, para evitarla, estampa su firma, ciegamente, apoyando reivindicaciones de núcleos sociales a los que no pertenece ni desearía pertenecer. Nunca entenderé por qué las mujeres se empeñan en compartir realidad con lisiados y damnificados de todo tipo, pero esta, según parece, es una cuestión diferente.*

*Lo que venía a decir es que yo sí soy fan de los Guns N'Roses y considero indignante que este tipo de bofetadas autoritarias merezcan páginas de periódico y difusión mediática. Estos grupos cuentan con portavoces agresivos como políticos en campaña y utilizan con maestría la política del «o estás conmigo o contra mí». Debemos andar despiertos porque, en la era de los eufemismos, lo políticamente correcto comienza a atentar seriamente contra la definición más básica del arte, ya que este ha de ser irreverente como la melena pelirroja de Axl Rose. Sobre todo, el lector-oyente-espectador debe ser más inteligente; no conformarse con las interpretaciones de sensibilidades paranoicas porque, para empezar, ya va siendo hora de que enterremos ciertas ideas arcaicas y aprendamos que el arte no es algo que deba ser interpretado en manera alguna.*



La idea original de Dylan —la estampa del hombre silencioso que escucha a Bob Dylan frente a un televisor apagado, el elemento estático a partir del cual se construyó esta novela, el personaje como estereotipo— nace del instante en el que vuelve a pisar Madrid; aún es verano y el barrio huele a alquitrán y orines. Su padre está rígido frente al piano que debió haber sido de su esposa y no lo mira a los ojos desde que lo recogió en la estación de autobús, hace unas horas. Tal vez lleve dos meses sin hablar con nadie y su expresión no es mejor que la de Dylan. Ambos parecen muy cansados. Se sientan el uno junto al otro en el sofá y escuchan *I shall be released.* «Clara se casa», dice Miguel, aportando la dosis obligada de novedades.

Dylan le prohíbe que cambie el disco de Bob Dylan por uno de Johnny Cash y a su padre le parece escuchar que le chirrían los dientes, como si estuviera apretando con fuerza las mandíbulas. «¿Qué vas a hacer ahora?», pregunta. Dylan entiende el reproche y no contesta. Por el momento solo concibe la posibilidad de quedarse muy quieto en el sofá, esperando a que la velocidad del tiempo vuelva a ser como era.

# DIEZ

LOS FOCOS DEL LOCAL PARPADEAN. SON PEQUEÑOS, REDONDOS Y anaranjados. Uno por mesa y doce sobre la barra, en fila, con algo más de intensidad en la zona central, donde están los surtidores de cerveza y el asiento del camarero. Parpadean porque es la hora de cierre. Una forma sutil de echar a los clientes. Aunque tampoco hay muchos. Irlanda acaba de perder contra Escocia en el último partido del torneo Seis Naciones y la afición no se ha quedado a festejar. James baja a medias la persiana y se dirige a la zona de mesas, al fondo del bar. Saluda a Julia, quien apura el último trago de su margarita junto a un hombre que, vestido de negro, con la cabeza hundida entre las manos, parece eludir la luz del foco.



—Diez minutos, James. En lo que limpias el local. Por favor... Nos portaremos bien. Además, solo quedamos nosotros, ¿no? Es como si ya hubieras cerrado...

James asiente y comienza a barrer la entrada. Julia sigue sin zapatos, con las piernas estiradas sobre una silla de la mesa de enfrente. No se da cuenta, pero hace ya varios minutos que arroja ceniza sobre su falda de trabajo. El cenicero está demasiado lejos, casi tendría que rozar a Dylan cada vez que quisiera golpear el filtro. Y tiene la carne de gallina, pese al calor, que es insoportable. No le gustaría que él la sintiera así, erizada como si tuviera frío por dentro. Como si temiera el más mínimo roce o simplemente estuviera a punto de vomitar, porque ha bebido demasiado. Ella, que no debería.

—¿Puedes poner un poco de música? Sí, ya sé que no tienes licencia, pero así, bajita, no te van a decir nada. Gracias, eres un sol. Ya ve, Dylan. Tengo el hígado jodido pero de algo me sirve conocer bien a todos los camareros de Madrid. En fin, esto se acaba, ¿no?



—Parece.

—Siempre me pongo triste. En este instante, cuando más borracha estoy, me duele como nunca la resaca de mañana. ¿Qué hará?

—Cuándo.

—Ahora cuando pidamos un taxi y cada uno se vaya por su lado. Porque es lo que va a ocurrir, ¿verdad?

—Bailemos.

—Lo siento. Después de cantar es lo que peor hago.

La música, más que tenue, se escucha amortiguada, como si alguien hubiese puesto un trapo húmedo contra el altavoz. Aunque, a partir del año 2000, todos los discos antiguos han comenzado a sonar de esta manera.

Dylan hace horas que fantasea con sus rizos. Le gustaría probar a estirarlos para ver cómo regresan a su posición inicial, al estilo de un muelle. Cada vez que se visualiza a punto de hacerlo entiende que todo ocurre a cámara lenta. Cierra los ojos y ya se imagina que sus dedos están a pocos centímetros de ella cuando los abre de nuevo y, entonces, resulta que apenas se han elevado unos centímetros. Sobrevuelan el cenicero. Para disimular se lo acerca y así evita que siga tiñéndose de blanco la falda, con tanta ceniza.

—Escuche. Solo... balancearse.

—Creo que conozco la canción. Si quiere moveré la cabeza, así, de un lado a otro.

—Conoce... por supuesto. Elvis Presley.



—¡Ah, claro! Con razón me sonaba. ¿Y cómo se baila esto? Discúlpeme, pero no me veo capaz de hacer una coreografía a lo *Grease* en estos momentos.

—Levántese.

—¿Y si nos caemos?

—Sujeto.

—¡Qué dice! Pero si está más inestable que yo. Veamos... No quiero pisarle.

—Despacio.

—¿Así?

—Perfecto.

James ha arrinconado las mesas junto al almacén y las sillas se amontonan por decenas en torres de metro y medio. Julia recuerda que una vez, estando muy borracha, más que ahora, se encaramó a una de ellas y cayó de golpe contra el suelo. Quería robar una bombilla. No recuerda muy bien por qué.

Le sorprende la firmeza con la que Dylan sujeta sus caderas. Tiene las manos grandes. Se esconde reposando la cabeza contra su pecho y cierra los ojos. No puede evitar preguntarse cómo serían sus dedos, tan veloces, tan de pianista, acariciándola. Finge un traspiés y se aprieta más fuerte contra él. Hay muchos detalles intrigantes. Cómo gime un hombre inexpresivo, por ejemplo.

—Baila... bien.

—Qué mentiroso. O qué borracho, porque no parece usted muy dado a los elogios gratuitos.



—Altera... mi percepción.

—¿Como un tripi? ¡Ah! ¡Eso me ha pillado por sorpresa!

—Gire.

—Qué bonito. Tal vez me matricule en clases de baile. Aunque dicen que hay que apuntarse en pareja y no creo que Aurelio se entusiasme con la idea.

—Pasos. Más cortos.

—Disculpe. Me distraigo. ¿No estamos demasiado juntos para un vals?

—Seguramente.

—Permita que le corrija otro detalle... Mis caderas están más abajo. Así mejor.

Los camareros de verdad son invisibles. No barren el suelo ni pasan una bayeta húmeda por la barra. No existen. Solo Julia y Dylan, bailando torpemente sobre el pequeño distribuidor que da al cuarto de baño. Cada vez se mueven menos, más despacio.

Julia ha vuelto a ponerse los tacones y le llega exactamente a la altura del cuello. Su concentración oscila entre mantener el equilibrio, no vomitar y decantarse o no por besar su nuca.

Dylan comienza a recordar esa noche, que aún se alarga, como algo extraordinario. Hace veinte minutos lloraba. Ahora intenta camuflar una erección, por delicadeza. Se hace muchas preguntas, de forma desordenada y a escasa velocidad. Todo está ralentizado y casi en blanco y negro, como si fuera una película antigua. El pelo de Julia ha dejado de ser rojo.

—¿Sabe cuántas horas llevamos aquí juntos?



—No.

—Cuatro. Solo se puede hablar tanto con desconocidos, ¿sabe? Hay más cosas que contar. Aunque usted ya no lo es. No para mí.

—Vuelva... piano.

—¿Cómo?

—A clase.

—No puedo, Dylan. No de momento. Y me gustaría explicarle el motivo, pero sería desperdiciar el tiempo que nos queda. ¿No cree?

—Gire a derecha.

—¿Sabe? Si usted me quisiera yo estaría muy celosa de ese instrumento.

Se dan más conductas obsesivas en unos oficios que en otros. Y Dylan es pianista. Hace tiempo que se ha resignado a ello. Últimamente trataba de pensar en otras cosas. Se había apuntado a un programa por la recuperación de la obra pianística de Muzio Clementi. Un gran olvidado de la época clásica.

Había pasado una década soñando con volver a verla y la encontró empobrecida en el tanatorio. Como una mala réplica de la Estelle original. Desconocida: excesivamente delgada, vestida de negro y con el pelo oxigenado. Tiene la impresión de que Julia se parece más a la Estelle que recordaba. Por la verborrea y la cintura tan estrecha. Porque suelta el humo con los labios muy cerrados. No tienen nada más en común pero a Dylan le parece suficiente por esta noche. Porque podría recuperar esos detalles y completar los restantes, besándola a oscuras.



A bailar le enseñó su padre. Cuando lo imaginaba haciendo giras por el mundo, cenando con embajadores rusos junto al teatro de Viena. Durante unos años estuvo preocupado por esas cosas. Le enseñaba la colocación de los cubiertos en la mesa. Ahora, por primera vez encuentra útil alguno de esos consejos. Cuando, por ejemplo, con el pretexto de cambiar de posición, se permite deslizar sus manos un poco por debajo de las caderas. A veces, simula un cambio brusco de ritmo y ella se desestabiliza. La atrae con fuerza hacia sí, fingiendo que la protege del tropiezo. Resulta tan claro lo que ambos pretenden, en estos instantes previos en los que simulan no entender, que casi todo pasa por válido.

—Míreme.

—¿Qué?

—Comprobar... Una cosa. Ya.

—¿Le gusto?

—Mucho.

—Supongo que ya no estará triste, ¿verdad?

—Menos. Gracias.

Julia ha vuelto a pensar en Claudia, la otra coincidencia de la noche. Esa tal-vez-amante de Aurelio. Piensa en ella de una manera distinta, ahora que está a punto, decidida al menos, a hacer lo mismo, a acostarse con otra persona. Durante un tiempo se lo planteaba constantemente. Fueron los peores meses, cuando no había detalle que no despertara suspicacias. Si Aurelio bajaba a por tabaco y tardaba más de lo debido, si regresaba oliendo a alcohol, Julia perdía la cabeza. Por esa afición que le entró por visitar bares a escondidas llegó a pensar que se citaba con prostitutas.

Apenas levanta la barbilla unos centímetros y respira bajo su sien. Dylan se estremece. Esta vez es ella quien utiliza un paso de baile como pretexto y logra encajar la rodilla entre sus piernas. Cada vez que se mueven hacia delante la presión aumenta. Se humedece los labios y comienza a besarle el cuello mientras recorre la anchura de sus hombros con la yema de los dedos.



—¿Qué ocurre? ¿Por qué se aparta? Pensé que usted quería... ¿Qué ha cambiado?

—Lo siento. Música...

—¿Cómo? Espere, Dylan. ¡No me dé la espalda!

—No puedo. Esta... música. No...

—Pero... ¿qué tiene de malo?

—Pediré taxi.

—¿Un taxi? ¿Adónde?

—A mi casa.

—¡Dylan! ¿Está loco? ¿Y yo?

—Julia. Usted... Comprometida.

—¿Qué le ha ocurrido? Cambiaremos de música, ¿vale? ¡James! ¿Puedes poner la pista anterior? Ya, ya sé que es la hora de cierre. ¡Joder! Está bien, está bien... Mira, pídenos un par de taxis, ¿vale? ¡Oiga! ¡Dylan! ¡Espere!

La persiana lleva media hora echada. Consiguen levantarla unos cincuenta centímetros y se contorsionan para escapar. Fuera la calle está mojada. No saben si ha llovido o han sido los barrenderos con sus mangueras de agua a presión los que han inundado el asfalto. Julia enciende un cigarrillo con el pulso tembloroso y se deja caer en la acera sin preocuparse por la humedad, con las piernas abiertas, enseñando las bragas a los pocos conductores que circulan a esas horas. Comienza a planear el día que amanece, para abstraerse del ridículo. Había olvidado que en unas horas tiene cita con el banco, para confirmar los papeles de la hipoteca. De pronto, comprende la magnitud del error que ha estado a punto de cometer cuando recuerda que Aurelio irá a recogerla a su apartamento en pocas horas. Le hormiguea el cuerpo, como si acabara de volver a correrle sangre por las venas, y escupe porque la boca le sabe a ceniza.



—Ese ha de ser uno de nuestros taxis. No hay muchos a estas horas.

—Tómelo.

—No tengo prisa. Monte usted si quiere. De verdad.

—Insisto.

—Bueno. Qué más da.

—Cuídese.

—Claro. Por lo menos estoy segura de que no voy a volver a beber en los próximos diez años.

—Espero... No enfadada.

—No se preocupe. Ya me había dicho antes que no le gusta la música electrónica. En fin. Le deseo mejor suerte con el DJ, la próxima vez.

—Váyase. La esperan.

—Adiós, Dylan.

El taxi arranca y se aleja en línea recta, saltándose un par de semáforos en rojo. Es una de las ventajas de la madrugada. Dylan decide caminar hasta casa. Deja atrás el irlandés, donde ya no queda luz ni música. Ha terminado el *remix* electrónico del *I walk the line* de Johnny Cash. Ya había oído que últimamente no se respetan ni los clásicos. Todo son versiones desgastadas, imitaciones que a veces, con un par de copas encima y solo por unos segundos, pueden llegar a confundirse con la versión original.



Julia le mordía el lóbulo de la oreja cuando comenzó a sonar. Lamenta no poder ofrecerle ninguna explicación que mitigue su desconcierto. Serían demasiadas frases bien engarzadas, demasiados nexos, conjunciones, demasiado esfuerzo para explicarle quién fue Estelle; mucha retórica fuera de su alcance necesitaría Julia para entender que la música es para Dylan la magdalena con forma de vieira que activó la memoria de Proust. No creo que Julia tenga la menor idea de quién fue Proust. Tampoco entendería, por consiguiente, que Johnny Cash en aquel preciso instante había sido razón más que suficiente para deshacer el encanto de la penumbra del bar. La canción había encendido las luces, unos focos terribles que impedían cualquier amago de ilusión. Julia debería leer esta novela para comprender su desenlace, lo cual es del todo imposible, sería como pedirle a una termita que deje la fila para observar desde la distancia el lugar que ocupa en ella. Inconcebible.

Dylan entra en casa procurando no hacer ruido con las llaves pero encuentra a Miguel en el sofá, esperando. Le ofrece café. Según dice, lleva toda la noche despierto, ordenando discos. Ha decidido reorganizar las estanterías según cronología en vez de autor. A Dylan le parece buena idea y se sienta junto a él en el suelo. Recoge una montaña de vinilos de los sesenta y hace memoria, buscando algunas fechas que le ayuden a ordenarlos.



## Redemption songs

*La señora Cuddy Gimford lleva treinta años al mando de su pequeña empresa familiar. Se muestra orgullosa del jardín, señala las adelfas. En verano, algunas recepciones se organizan al aire libre.*

*—¿Y qué es lo que escribe?*

*—Novelas, creo.*

*Hace unos años oficiaron el entierro de un escritor ilustre, pero no recuerda su nombre. En el* hall *hay un par de sillones blancos y una mesita con tazas de café.*

*—¿Quiere que pasemos al despacho?*

*—Aquí mismo está bien.*

*No le importa que fume, pero trato de arrojar el humo hacia los ventanales. ¿No debería estar prohibido fumar en los tanatorios? Tal vez sea el único lugar donde ya no importe que alguien encienda veinte cigarrillos seguidos.*

*A los ataúdes los llaman «arcas fúnebres». El muestrario incluye fotografías y detalles del tejido acolchado en el inte-*

rior. Material: chopo. Tapizado: seda blanca con sudario. Colores: roble-nogal. Medidas interiores: 190 x 63.

—No me interesan los que llevan a Cristo en la tapa.

—Abra por la pegatina roja.

Escojo un ataúd de contrachapado blanco. Me recuerda a las limusinas blancas, o a los electrodomésticos. Una caja de blanco microondas. Suena bien.

—Me parece que ya recuerdo el nombre del escritor aquel. ¿Quiere saber cuál fue su elección?

—No se preocupe, me gusta el contrachapado, en modelo inglés.

La señora Gimford y yo tomamos decisiones. Antes era más sencillo, los familiares se reunían en las iglesias, me comenta. Cada año sube la demanda de alquiler de los salones.

—La 12 es la más grande. Hay piano. ¿Ha pensado en la música?

La primera vez que pensé en mi muerte paseaba por Hamburgo, y llovía. Me pareció una ciudad tétrica, con edificios que recordaban a las novelas tristes de Dickens.

—Disponemos de hilo musical. La gente suele pedir el Réquiem de Mozart, o la Sonata para piano y violonchelo de Chopin.

—Chopin está bien. ¿Qué más pide la gente?

También en Hamburgo, había un guitarrista tocando en el subterráneo que quería morirse con Redemption song, de Bob Marley. Entonces, también pensé en la música.

—No sabría decirle. Los Beatles. La semana pasada, Highway to hell. Algunas familias contratan a un pianista. Si quiere puedo ponerle en contacto con el intérprete que suele trabajar para nosotros.

Apuesto a que no han faltado muertos de American pie o The man who sold the world. La señora Cuddy está *mayor, tal vez tenga elegida ya su canción. Me gustaría preguntárselo. Si vive unos años más, junto al muestrario de ataúdes acabará teniendo una lista de canciones funerarias.*

*Para melancólicos:* Your latest trick, *Dire Straits. Para sentimentales:* No-one but you, *Brian May. Para irónicos:* My way, *Sex Pistols. Para optimistas:* Have you ever seen the rain, *Creedence Clearwater Revival. Para dramáticos:* Show must go on, *Queen. Para horteras:* My heart will go on, *Celine Dion.*

*—¿Quiere añadir algo más?*

*—Creo que así está bien.*

*—Si nos facilita una lista de contactos enviaremos la esquela por Internet. Puede añadir el texto que guste. Tenemos un depósito de citas célebres para la ocasión. Tal vez quiera ojearlo.*

*—No, mire, pero en vez de Chopin, acabo de decidir que prefiero a Beethoven. ¿Es posible?*

*Pago por adelantado y la señora Cuddy se muestra muy amable cambiando mi solicitud. Me acompaña de vuelta al jardín, al aparcamiento. Y arranco el coche.*

ÍNDICE